✕ 登場人物紹介 CHARACTERS
コルネリア《サーバント》
アリソン

ローザ
グレン《サーバント》
ニコラ

× 登場人物紹介 CHARACTERS
カタリナ《サーバント》
ライリー

登場人物紹介 CHARACTERS
マヌエラ
ヴィネット

CONTENTS

×××

武器に契約破棄されたら健康になったので、幸福を目指して生きることにした

Since I became healthy after the contract was canceled from the weapon, I decided to live with the aim of happiness

[1]

嵐山紙切

Arashiyama Shisetsu

第一章 武器に契約破棄される

メイドのエイダが押す車椅子で外に向かう途中、突然腹に差し込みが襲ってきて俺は体を折ってうつむいた。強く目をつぶって、それから大きく息を吐く。日常的な苦しみだったが最近は特にひどい。エイダはすぐに回り込んでしゃがむと俺の背中をさすった。

「大丈夫だ。……大丈夫」

痛みを堪《こら》えながら顔を上げると、目の前にライリーが立っていた。俺より優秀な弟、といっても俺より出来損ないを見つけるほうが難しいけれど。

髪は前から後ろにきちんとなでつけられている。父さんとまったく同じ髪型だ。屋敷の外にある訓練場に行くのだろう、手には練習用の剣を握っていて、動きやすい服を着ていた。

「そこまでして人の気を引きたいの、兄さん？」

ライリーはそう冷たく言って、外に続く扉の方へ歩いていった。そこにちょうどやってきた父さんがライリーに笑いかけた。服装も髪型もディナーに並ぶ揃《そろ》いの食器類みたいに瓜二つ《うりふた》。顔はそこまで似ていないけれど。

父さんは俺に気づくとすぐに笑うのをやめた。それから、露骨に嫌そうな顔をして目をそらし、ライリーの背を押して外へ出た。

こんな長男を持って恥ずかしいんだろう。剣術を習うどころか、剣を振るうことさえままならない息子だ。それが将来、爵位を継ぐ。

――ライリーが長男だったらどれだけ良かったか。

きっとそう思ってる。

俺は痛みが治まるのを待ってから背筋を伸ばした。額に浮かんだ汗を袖で拭う。

「もう少し休まれてからのほうが……」

「いや、いい。すぐにローザが来る。その前にカタリナと一緒に魔法を使わないと……」

エイダは気の毒そうな顔をした。

俺は焦っていた。もう二週間、カタリナは魔法の練習に付き合ってくれない。今日はなんとしてでも魔法を使って、俺の体を蝕《むしば》む「魔力」を減らす必要があった。

レズリー伯爵家の長男である俺、ニコラ・マイケル・ハーヴェイは生まれつき体が弱かった。週の半分はベッドに横になって過ごし、体を動かすことは散歩程度が限界で運動なんてできるはずがなかった。常に息苦しく、頭痛がして、吐き気もあり顔は真っ青だった。

理由はわかっていた。魔力のせいだ。

すべての人間が等しく魔力を持っているけれど、「魔法」を使うことはできない。魔法を使うには体の中で魔力を循環させる必要がある。ハーフエルフや獣人たちにはそのための器官が備わっているけれど、人間にはその「魔力を循環させる器官」が存在しない。

この「体内で魔力が循環しない」というのが問題だった。一般的な人間の魔力量であれば循環していなくても生活できるが、あまりに多いとその魔力で体を壊し、最悪死に至る。それが俺の病、「魔力中毒症」だった。

症状を抑える方法は二つ。

一つは、高密度のアニミウムという金属を常に体に密着させて携帯すること。アニミウムには魔力を伝導する性質があり、体内の魔力を外に流してくれる。生まれてすぐの俺は腹に、アニミウムがこれでもかというほど付いたベルトをつけて過ごしていたようだ。いまそのベルトはブレスレットになって、両腕についている。ズラリと並んだ十五個ほどの真珠大のアニミウムはずっしりと重いが慣れてしまえば何ということはない。

普通、魔力中毒症の人間は真珠大のアニミウム一粒か、その半分の大きさを身につければ人並みに過ごすことができるらしい。アニミウムを両腕合わせて三十個つけてもなお、俺は起き上がることすらできなかった。

だから、もう一つの方法で補う必要があった。

魔力中毒症を抑える方法、二つ目。『人格をもった道具《サーバント》』と契約し、魔法を使って魔力を消費すること。彼らと契約することで人間は初めて、魔力を消費して魔法を使うことができる。サーバントの形は剣、盾、鎧《よろい》だけでなく、ペン、鏡など多岐にわたるが、共通するのはアニミウムでできているということ。人と契約することで彼らは人型に顕現できる。

俺が契約したのは剣のサーバントで、カタリナといった。白いドレスに施された独特の装飾は鞘《さや》にあしらわれているのと同じもの、銀色の髪はまるで刀身のように光に輝いていた。

彼女はいま、練習場でライリーと父さんの方をじっと見ている。エイダに車椅子を押してもらって、俺は彼女に近づいた。

「カタリナ」俺が声をかけると、彼女はふっと表情を暗くした。

「ああ、ニコラ」

彼女の考えていることはよくわかる。

――どうしてこいつが私の契約者なんだろう。

俺は体が弱いだけじゃなく、カタリナをうまく使うことができない。基本の《身体強化》だって、魔法が付与される部分がまだらで、脚が強化されても腕が強化されていないなんてことがザラだし、それに、全く持続できない。

かたや、ライリーはいま訓練場で練習用の剣をサーバントに持ち替えて水の斬撃を飛ばしている。レズリー伯爵家は代々、水の魔法を使うことができた。俺にも水の属性はあるが、喉を潤すぐらいの量を出せる程度で、形も変えられず攻撃なんてもっての外だった。

父さんはライリーが水の斬撃を放つ姿を見て、満足そうに笑みを浮かべている。俺が来たことなんてまったく気づいていないだろう。

「カタリナ、魔法の練習をしよう」

俺が言うと、彼女は大きなため息を吐《っ》いて歩き出した。

カタリナを連れて庭の片隅に向かったが、彼女は後ろ手に腕を組んだまま遠くの方を見るばかりで何もしない。俺は車椅子に座ったまま、彼女に言った。

「剣の姿になってくれ。そのままじゃ魔法が使えない」

サーバントの扱いがうまい人であれば人型のまま触れるだけで魔法を使えるが、俺は下手くそだから元の姿に戻して触れる必要がある。それを彼女はわかっているはずで——いや、わかっているからこそ剣の姿にならないのだろう。

「カタリナ」

「私に命令しないでください」

彼女は眉根を寄せて、不満そうに言った。この数日、何度も見てきた表情だ。

魔法をろくに使えない俺を嫌っているのはわかるが、俺はこのままじゃ死ぬ。それを彼女もわかっているはずだ。

焦りから俺はカタリナを怒鳴りつけた。

「二週間だぞ!? 二週間魔力を使ってない! 俺の体には大量の魔力が溜《た》まっている! 魔法を使わないと、俺は死を待つだけになる! わかってるだろ!?」

カタリナは驚いたように目を見開いて、それから、俺を睨《にら》んで両手を握りしめた。

「どうしたの?」

と、ライリーが異変に気づいて駆け寄ってきた。どうやら今日も練習を早めに切り上げたらしい。最近いつもそうだ。そしてこうやってカタリナのそばに近づいてくる。

カタリナは一瞬で怒りを引っ込め、顔を歪《ゆが》めて泣き顔を作ると、半ばライリーに抱きつくように彼の首元に顔をうずめた。

「ニコラが……ニコラが魔法を使えって強制するんです。私はやりたくないのに」

「はあ？」と俺は唖然《あぜん》としていたが、ライリーは違った。彼は怒りに歯を食いしばると俺を睨み、何か言おうと口を開きかけた。が、すぐにため息を吐いて、カタリナの背をさすりながら歩き出した。

「行こう。兄さんはほっといていいよ」

「おい！　今日魔法を使わないと俺は……」

「兄さんは黙ってて!!」ライリーはギロリと俺を睨むと、カタリナを連れて行ってしまった。

怒鳴ったせいか頭痛がぶり返してきてうつむき、車椅子の肘掛けを握りしめた。クソ。このままじゃ俺は……。

エイダが心配そうな顔をしている。俺は目を強くつぶって、息を吐き出した。

「部屋に戻ろう。ローザがもうすぐ来るはずだから」

「はい……」エイダはそう言って、ゆっくりと車椅子を進めた。

訓練場にはライリーのサーバントがまだ残っていた。ナディアという女性でカタリナと同じように剣のサーバントだ。

彼女が俺を見る目には同情の色が浮かんでいた。母さんがいなくなったこの家でそういう表情をしてくれるのは、もう、ナディアとエイダくらいしか残っていない。

母さんは俺が七歳のときに死んでしまった。優しい母で最期の最期まで俺のことを心配してくれた。

「カタリナと仲良くやるのよ、ニコラ。きっと体も良くなるから」それが母さんの最期の言葉だった。ライリーは多分、俺を恨んでいる。母さんは体の弱い俺に付きっきりだったから、きっと、その愛を取り戻すかのように、父さんに毎日のように剣術を習っているんだろう。

俺が屋敷に入っても、ナディアはずっと訓練場で空を見上げていた。

俺は、かつてライリーのお気に入りでどこに行くにも連れていた熊のぬいぐるみを思い出した。ある日それを他の貴族にバカにされて、ライリーは簡単に、そのぬいぐるみを捨ててしまった。地面に投げ出された、その、くたびれたぬいぐるみの目がとてもさみしげだったのを覚えている。それがナディアに重なった。

ライリーは彼女をどう思っているんだろう。彼女はライリーを……?

部屋に戻ってしばらくすると、ローザとそのサーバントが俺の部屋にやってきた。彼女はボルドリー伯爵の娘で、俺の許嫁《いいなずけ》だ。十二歳のときからよく会いに来ていた。ボルドリーからここまで来るのに結構な時間と労力がかかるはずなのに、いまでも月に一度は会いに来る。俺にはそれが申し訳なかった。

彼女は別の人と一緒になるべきじゃないか。そのほうがきっと幸せだろう。そもそも互いの家に利益があったから婚約しているだけなんだ。魔法の属性を持たないローザたちの家は水の属性が欲しい、俺たちの家は金と人脈が欲しい。レズリー伯爵家は貧乏貴族だからな。

ローザは無口だった。なにか言いたいことがある時はサーバントに伝えてもらっていた。彼女のサーバントは男の子でグレンと言った。背が小さい少年だ。ベッドの横に座るローザがグレンに耳打ちをして、グレンがその内容を俺に話す。それも昔から変わらない。

妹のルビーが臆病で困るということ、生まれたばかりの馬が可愛《かわい》いということ、初めて食べたスイーツが美味《おい》しかったこと、などなど。他愛《たわい》もないことだけれどローザはどこか楽しそうに俺に伝えた。

さっき無理をしたためか、ベッドから起き上がれない俺はそれを聞いて、微笑《ほほえ》むことしかできない。俺が少し辛《つら》そうなのを見て、ローザは心配そうな顔をした。

「辛そうだね。体の中でいつもより魔力が淀《よど》んでるのが見える。とローザは言ってる」グレンは俺にそう伝えた。

「《探知》の魔法で見えるんだっけ？」

「うん。あんまり魔法は使いたくないんだけどね。とローザは言ってる」

「グレン、その『～とローザは言ってる』って言わなくていいよ」

「わかった」グレンは頷《うなず》いた。

俺はローザが言ったように、俺の体のどこか一箇所に魔力が淀んでいる様を想像した。また頭が痛くなってきた。

「カタリナは？　魔法を使っていればここまでひどくならないでしょう？」

「それが……」

俺はさっきの出来事とここ最近、ライリーがすぐに練習を切り上げて、カタリナを連れて行ってしまうことを話した。ローザは怪訝《けげん》な顔をしていた。

「やっぱり、おかしい。それを放っておいてるレズリー伯爵もおかしい。私、お父様に話してみる」

「いいよ、仕方ないんだよ」

ローザは首を横に振ったが、俺の考えは変わらない。

俺には爵位を継ぐ資格がない。サーバントだってうまく使えない。

なにもない。

仕方ないいんだ。だから、

「ローザ。君は新しい婚約者を探したほうがいい」

ローザは固まって、俺を見て、彼女自身の口で言った。

「なんで突然そんなこと言うの？」

「突然じゃないんだ。ずっと考えてたことだから。そのほうがきっとローザは幸せだ」

ローザはそれを聞くと、下唇を噛《か》んで、顔を赤くした。彼女の目から一筋の涙がこぼれて、俺はぎょっとした。

「私……私は……ニコラの……」

ローザはふるえる声で言って、ギュッと口を引き結ぶと立ち上がり、そのまま彼女は俺の部屋から出ていってしまった。グレンは彼女を追いかけて、俺は部屋に一人残された。

それから一週間が経《た》って俺の体はますます症状が悪化していた。ベッドにほとんど寝たきりだったし、少し動くだけで体のあらゆる場所が軋《きし》むように悲鳴を上げていた。

それは突然の出来事だった。部屋のドアが叩《たた》かれて、ライリーのサーバント、ナディアが飛び込んできた。

「伯爵とライリーがニコラを廃嫡《はいちゃく》して、追い出そうとしています!! カタリナとの契約も破棄させるつもりのようです!!」

「どうして……!」エイダがぎょっとした。彼女は最近ずっと俺に付きっきりだった。俺が一人で何もできなくなってきたからでもある。

「いつかこうなる日が来るとは思っていたけど」俺はつぶやいた。

家族なのだから捨てられはしないだろうという、ほんの僅かな希望をいだいていた。それがこんなに簡単に捨てられてしまう日が来るなんて。

「ここから逃げよう」頼れる相手なんてほとんど思いつかない。でもこれ以上ローザ達に迷惑をかけるわけにもいかない。「どうにかして、別のサーバントと契約し直そう。カタリナとの契約が続いている間に」

——カタリナと仲良くやるのよ、ニコラ。

それが母さんとの約束だったけれど、ごめん、できなかったよ。俺が深くため息を吐くのと、ナディアが大きく首を横に振るのは同時だった。彼女は俺のベッドに近づいて手を握った。

「それだけじゃないんです!! 彼らはニコラに……何かひどいことをしようとしています。『二度とサーバントを持てない体にする』と言っていましたから……」

俺はぎょっとした。ただでさえ三週間カタリナと魔法を使わないだけでこの状態なんだ。

「そんなことをされたら俺は……死んでしまう!!」

「ニコラ、ここから逃げましょう！　なにかされる前に早く！」

俺は下唇を噛むと、痛みを堪えながらエイダに介助されて車椅子に座った。ひどい吐き気のあと、また腹に差し込みが襲ってきてうつむいた。全身から脂汗が吹き出すのを感じる。

「ニコラ様！」エイダが俺の背中を擦《さす》った。

俺は呼吸を整えると、顔を上げた。

「エイダ。君はこれに何も関係ないふりをするんだ。いますぐ部屋から出て、別の仕事をして、俺が出ていくなんて知らないように振る舞うんだ」

エイダはぎょっとして首を大きく横に振った。

「そんなことできません!!」

「いいから!!　ナディア、君もだ！　俺は一人で出ていく！」

俺は細い腕でなんとか車椅子を動かすと、テーブルの引き出しを開けた。そこにはいざというときのために用意していた金が入っていた。いつかこうなることは想定していたから、エイダに買い物に行かせると嘘《うそ》を吐いて父さんからもらっていた分の金だ。用意しておいて正解だった。

と、エイダが近づいてきて、その金の入った袋を奪うように持ち上げた。

「私もついていきます！　一人でなんて無理です！」

「返すんだ、エイダ！　もういいんだ！　これ以上俺に付きっきりで世話をしてくれなくていい！　君には君の生活があるだろ!!」

「嫌です！　私は……ニコラ様のメイドです……。黙って行かせてしまえば一生私は悔やんで生きることになります……。そんなの嫌……」エイダは目に涙を浮かべていた。

俺は下唇を噛んだ。

二人を巻き込みたくない。もし失敗したらエイダもナディアもどうなるか……。

ふと、テーブルの上を見るとナイフが置いてあった。エイダが果実の皮を剝《む》くために持ってきたものだ。俺はそれを手に取るとエイダに言った。

「わかったよ。じゃあ、君を脅迫することにする。俺を外まで連れて行くんだ。これは脅迫だ。君は無理強いされるんだ。ナディアもエイダを守るために、一緒に来るんだ」

エイダは一瞬はっとしたあと、また涙を流してうつむいた。

「……ありがとうございます」

父さんも弟のライリーも俺が部屋から出たことにまだ気づいていないはずだ。俺は服の下に隠したナイフを握りしめて痛みを堪えながら前を見た。

俺の部屋は二階にあった。使用人たちに怪しまれないようになんとか階段まで行って、二階用の車椅子から立ち上がり、階段を降りて、一階用の車椅子に乗り換え、誰もいない部屋に入り窓から外に出る必要がある。エントランスホールを抜けて玄関に向かう方法もあるが、そこから出るには父さんやライリーが話をしている書斎の前を通る必要があった。

エントランスホールから離れた階段までなんとかたどり着いたものの、そこからが厄介だった。俺はどうにか立ち上がって手すりに摑《つか》まり、エイダの肩を借りて一段一段降りた。こうしている間にもライリーたちは計画を進めている。もう階段を登ってきているんじゃないか、もしかしたらこの階段を使うんじゃないかと焦りばかりが募っていく。

無事に一階まで降りると、ナディアが押してきた車椅子に乗って、またゴロゴロと廊下を進んだ。階段を降りるなんて無理をしたために、体の痛みは更にひどくなっていた。頭の中の至るところを針で刺されたような突き抜ける痛みと同時に、金床を叩くような一定のリズムを刻む鈍い痛みが襲ってくる。目の前がちらついて、意識が飛びそうになる。

俺は服に隠していたナイフを取り出すとふるえる切っ先で指を切った。別の場所が痛むと意識がはっきりする。

「そこの部屋から外に出よう」

ナディアが扉を開いて、俺たちは部屋に入る。ピアノと机が置かれた、ダンスや勉強のために設けられた部屋だった。俺はほとんど使ったことがないけれどライリーは昔よく使っていた。

ナディアは扉がちゃんと閉まったのを確認すると、窓に近づいて全開にした。

……外は、ひどい雨が、降っていた。俺は一瞬ためらったが、車椅子から立ち上がって窓枠に触れた。風が吹いて肌が粟立《あわだ》ち、雨粒が顔を打って冷える。切った指の傷が、雨に濡《ぬ》れて沁《し》みた。

痛い。

いまでもこれだけ苦しくて痛いのに、外に出たらもっとひどくなるだろう。俺の手はふるえていた。怖かった。手首のブレスレットがカタカタと鳴った。魔力中毒症を少しでも抑えるためにつけた、高密度のアニミウムでできたブレスレットだ。

そうだ。サーバントと契約ができなくなっても、このブレスレットをもっと増やして足や他の場所にもつければきっと魔力中毒症は治まるはずだ。

「ニコラ様！　早く!!」

エイダの声で我に返った。俺の体は——いつの間に後退《あとずさ》ったのだろう——窓から離れていて、脚が車椅子にぶつかった。

その時だった。部屋のドアが叩かれて、大声で父さんの叫ぶ声が聞こえた。

「ニコラ!!　開けるんだ!!　メイドたちが見てる！　ここにいるのはわかってるんだ!!」

もう気づかれたのか。ナディアが鍵を締めたために扉は動かない。バタバタと音が聞こえて、窓の外に使用人たちの姿が見え始めた。

ああ、だめだ。

「鍵を早く!!」父さんの声が聞こえる。

誰かが慌てた様子で走ってくる音、鍵がジャラジャラと鳴る音が聞こえる。

「ニコラ様、私を人質に！」エイダが小声でそう言ったが、俺にはもうその気力がなかった。

体だけではなく心まで冷えて、痛みがどっとぶり返す。俺はふらりと床に手をついた。さっきまでの逃げ出そうという想《おも》いが冷えて縮こまり、固まってしまったように感じる。

頭では逃げないとだめだとわかっていた。けれど、心も体も凍りついたように動かなかった。

俺は……諦めてしまった。

扉が開かれ、父さんとライリー、そしてカタリナが部屋に入ってくる。

ライリーはナディアのところまで歩いてきて、彼女の腕を掴み睨みつけた。

「ナディア、どういうこと？　僕のことを裏切ったの？」

「それは……」

俺は握っていたナイフを突き出した。ライリーも父さんもぎょっとして後退る。

逃げるのを心が諦めようと、二人を巻き込んでしまったのは俺の責任だ。守らなければいけない。

「俺が脅して、連れてきたんだ。一人では逃げ切れないから」

父さんは大げさにため息を吐いた。

「ああ、なんてひどいことを」

「兄さん……二人にまでこんなことを？　カタリナにだってひどいことをしていただろ!?」

俺は眉根を寄せた。何を言っているのかさっぱりわからない。

「何の話だ？」

「カタリナに暴力を振るっているだろ。それも日常的に！　運動ができないのも、魔法がうまく使えないのもわかる。でも八つ当たりするのは違うだろ!?」

あまりに大きな声で騒ぐので、頭に響いた。

父さんはカタリナの肩に手を置いた。カタリナは目を伏せて、スンスンと鼻を鳴らしていた。

「お前はカタリナを無理に使おうとしていたようだな」

そうして、父さんが語ったのは完全な空想の話だった。俺がカタリナとそんなに多くの時間を一緒に過ごせたわけがない。むしろ、彼らのほうが長く一緒に過ごしていたはずだ。なのに、全くそれを考慮せず、父さんは空想の俺がやった悪行を並べ立てた。

「カタリナを侮辱し、虐げ、脅して使い潰そうとしていただろ!! 彼女だって生きてるんだぞ!!

それをただの道具みたいに扱って!!」ライリーは顔を真っ赤にしてそう叫んだ。

俺はカタリナを見た。嘘を吐いてるのは明らかだった。

父さんはため息を吐いた。

「私は母さんにずっと反対だったんだ。二歳の頃、カタリナをお前と契約させたのは母さんだった。お前が剣術も使えない奴だということはその頃からわかっていた。そんな奴と契約させられるなんてカタリナが可哀想《かわいそう》で……。そしたら今度はこれだ」

それから二人は言いたいことを言って、カタリナを擁護して、俺を貶《おとし》めた。

これは理由なんだ。俺を追い出すための理由だ。そしてそれを、「使用人たち」に聞かせているんだ。

茶番だ。

俺は父さんを睨みつけた。

「なんだ、その目は……」父さんは歯を食いしばると声高に言った。

「ニコラ。お前を廃嫡する。道義に反するお前にレズリー伯爵を継がせるわけにはいかない」

入れ替わるように、カタリナは俺の前に立つと言った。

「私はあなたとの契約を破棄します。もう、耐えられません」

彼女は俺に近づくと、俺の手を蹴った。ナイフが部屋の端に飛んでいく。

「ライリー。ニコラを押さえつけてください。私のために」

ライリーはゆっくりと俺に近づいて、俺の首を掴み床に押さえつけた。ただでさえ頭痛がひどいのに、頭を揺さぶられて吐き気がした。

「やめてください!!　お願いします!!　ニコラ様!!」エイダが叫んだがすぐに男の使用人が飛んできて、彼女を羽交い締めにして出ていった。

父さんは内ポケットから金属の箱を取り出した。中には注射器が入っていて、金属のような光沢のある液体が充填《じゅうてん》されていた。

父さんはそれを眺めながら言った。

「昔ある人に尋ねたんだ。契約に縛られたサーバントを解放する方法はないだろうか、とね。契約者が死ねば、サーバントも死んでしまう。しかし、サーバントから一方的に契約を破棄することはできない。契約者は絶対的に有利だ。もし契約者の意識がなくもう死ぬ運命だとしたら？　サーバントはまだ生きたいと思っていたら？　どうやってサーバントを解放して救ってやればいいんだろう」

父さんは俺を見た。

「その人は言ったんだ。『契約者にアニミウムを注射すればいい』。体内にアニミウムがある人間はサーバントと契約できなくなる。サーバントのアニミウムと互いに干渉しあい、磁石のように反発するらしい。契約状態の人間に注射すれば自動的に契約は破棄される。それを聞いてから、私は常にこれを携帯するようにしているんだ。私にもしものことがあったときには、サーバントがすぐに私との契約を破棄できるように」

父さんはそう言って腰にぶら下げた剣――サーバントに触れた。

ナディアが父さんの前に立ちふさがった。

「私がカタリナの代わりに彼のサーバントになります。だからどうか――」ナディアの声はふるえていた。

ライリーはため息を吐くと、ナディアを剣の姿に変えた。

「優しい子だな、ナディア。でもそれじゃあダメなんだ。今度は君に危害が及ぶことになる。兄さんは二度とサーバントを持つべきじゃない。これは必要なことなんだよ」

父さんが俺の腕を摑んで無理矢理伸ばし、押さえつけた。

「すべて注射するわけじゃない。死にはしないさ。お前はサーバントと契約ができない平民として暮らしていけばいい。少しの金ならくれてやる。その代わり、二度と屋敷に近づくんじゃない」

生きていけるわけがない。こいつらは自分の屋敷で俺を殺したくないだけだ。廃嫡したあと、自分たちの関係ないところで俺が野垂れ死ぬことを望んでいるだけだ。

畜生。

畜生!!

涙がこぼれた。

俺は今日まで、まだ彼らの心に俺を家族だと思う気持ちが残っていると信じ続けていた。

カタリナとも和解したかった。

魔力をもっと使って、体が動かせるようになって、俺も父さんから剣術を習いたかった。

俺だって……俺だって期待されたかった。愛されたかった。

父さんがライリーに向けるあの笑顔が、俺にも向けられる日が来るんじゃないか。

くしゃくしゃと頭をなでてくれる日が来るんじゃないか。

毎日毎日そう願っていた。

嫌な顔をされながらも、邪険に扱われながらも、何度も何度もライリーの訓練を見に行った。

ふるえる脚で車椅子から立ち上がって、彼らのそばまでなんとか歩いていった。

振り向いてほしかった。いつかそこに俺の居場所ができる日が来ると、そう願っていた。

そのことが、父さんにもライリーにも、カタリナにも伝わらなかったのが悔しかった。そして、どうにもならない相手に期待し続けた自分を呪った。

終わりだ。

強い喪失感に襲われながらも俺は父さんに言った。

「エイダとナディアは本当に俺に脅されていただけだ。罰さないでほしい」

「ああ、わかっている。その約束は守ろう。二人はいままで通りだ。外から手紙でも送ればいい。私はそれを止めるつもりはない」

父さんは注射針を俺の腕に刺した。

「痛むぞ。だが、何、ほんの少しの量を注射するだけだ」

と、突然カタリナが注射器に手をかけた。父さんもライリーもぎょっとした顔をしていたが、カタリナの顔は笑っていた。

「さようなら、ニコラ」

彼女は注射器の中身を完全に押し出した。

俺は叫んだ。冷たい金属が体の中を駆け巡る。強烈な痛みが臓器に走った。体が痙攣《けいれん》する。ライリーが怯《おび》えたように離れる。

「どうしよう！　どうしよう父さん!!」

耳が圧迫されてまわりの音が遠くなる。

「カタリナ、何を!!　これじゃあ致死量だ!!」父さんの声が遠くなる。

「私は万全を期したんです!!　致死量なんて知りませんでした!!」カタリナの声がする。

ナディアが叫んでいる。

目の前がチカチカと瞬く。

俺は死ぬ。

もしもあの瞬間、勇気を出して窓枠を越えて外に飛び出すことができたら、俺は自由になれたんだろうか。痛みや苦しみを覚悟して諦めずにいれば前に進めたのだろうか。

ナディア、エイダ、そして、ローザ。ごめん。

俺は最後まで逃げ切ることができなかった。恐怖に負けてしまった。

たくさん、たくさん間違えた。

もし、もしも次があるなら、俺は恐怖に負けないであの窓から飛び出そう。

自由と幸福を摑んでやる。

かろうじてカタリナの姿が見えた。俺との契約が切れて、剣の姿に戻るところだった。

彼女は不敵な笑みを浮かべていた。

× × ×

アリソン・ナイトレイは憂鬱だった。なかなか上がらない冒険者のランクも、魔法がうまく使えないことも、そして、兄のことも、彼女にとって憂慮の種になっていた。

冒険者ランクがDでも入れるダンジョンの第二階層でスライムを倒すと、アリソンはため息を吐いた。もっと強くなって、冒険者ランクを上げないと認めてもらえない。

彼女は一人でダンジョンに潜っていた。パーティを組んでくれる人なんていない。

（私が弱くて、魔法を長く使えないから……。でもランクを上げればきっと……）

彼女はそう自分を奮い立たせて、また歩き出した。

彼女は貴族ではないものの、比較的裕福な家で育った。父親はもともと優秀な騎士で、国に仕え数々の戦をくぐり抜けてきたが、アリソンが生まれる直前、戦で大きな怪我をして現役を退いた。彼の契約していたサーバントは戦闘中に折れてその生命を終えた。同時に、彼の右脚は膝から先が切断されて、背中にも戦闘に支障が出るほどの傷跡が残った。彼自身の戦士としての生命もまたそこで潰《つい》えたのだった。

しかし、それでもなお、アリソンの父は戦場に未練があった。戦えないことをただただ悔やんで毎日を過ごしていた。

それを子供たちにぶつけた。

兄のジェイソンとアリソンは毎日のように父から厳しい稽古を受けた。少しでもできないことがあると叱られ、罰を受けた。冷たい雨が降る中で剣を振り続け、一週間寝込んだこともあった。母はそれを黙認した。というより、母も父には逆らうことができなかった。

父はきっと自分より強いもう一人の自分を作りたかったんだ、とアリソンはいま思う。父は自分が習得したすべての武術を教え、そして、サーバントでさえ、受け継がせた。

父が使っていた剣のサーバントは二つに分けられたあと、アニミウムが追加され、形成、『祝福』し直された。新たに生まれた二つの盾はユリアとコルネリアと名付けられた。ユリアはジェイソンが、コルネリアはアリソンが受け継いだ。

だが、アリソンは父の期待に応えられなかった。

彼女は生まれつき魔力量が少なかったので稽古をしてもすぐに魔力切れでバテてしまう。

「出来損ないめ」

そう父にも兄にも罵られてこれまで過ごしてきた。

自分が期待に沿えないことくらいわかっていた。でもなんとかして、実力を示したかった。だから、兄のジェイソンと同じように冒険者になった。いつか力を示してランクを上げれば皆が認めてくれる。

そう、認めてくれるはずだ。


アリソンはダンジョンを出ると首を横に振って、腰にぶら下げた袋から魔石を取り出した。スライムの魔石が三つ。たったこれだけ。アリソンが気を落としていると、隣を歩いていたコルネリアが言った。

「なあ、『死の川』の近くに行ってみないか？　あっちは魔物が多いだろ？」

「でも、危険でしょ？」

「この辺なら安全なはずだ。それだけじゃ、大した金にも評価にもならないだろ？」

コルネリアの言う通りだった。アリソンは少し考えたあと頷いて、川の方へと歩いていった。魔力も残り少ないけれど、ホーンラビットくらいなら、魔法を使わず剣で倒せる。

アリソンは川のほとりにたどり着いた。濁ってキラキラと輝く川はお世辞にもきれいとは言えなかった。数日前の雨で増水している。アリソンは念のために布で口を覆った。

『死の川』はアニミウムが含まれている川だった。もし飲んでしまったり、なにかの拍子に川の水を体内に取り込んでしまうと、サーバントとの契約が切れてしまう可能性があった。

アリソンは辺りを見回して、それを見つけた。

「ちょっと!!　あれ！」

彼女は叫んで走り出した。コルネリアも慌ててついていく。

アリソンは彼を見下ろした。

川のほとりに打ち上げられた一人の少年を。

第二章 × マッドモンキーのマットとトニトクラブのトム

「ねえ！　ねえ君！　大丈夫!?」

　はっと目を覚ますと、俺は体を横たえて咳《せ》き込んだ。息が苦しい。口から嫌な音がして大量の水を吐き出すと、ようやく呼吸ができるようになった。

「ああ、よかった。死んじゃうんじゃないかって心配で……」俺を起こした女性はしゃがみ込んだままそう言った。

　俺と同い年くらいで、ブロンドの長髪、鉄製の鎧《よろい》を身につけていた。ヘアバンドなのか王冠やティアラのような金属製のアクセサリーを頭につけている。もしかしたら鎧の一部なのかもしれない。口を布で覆っているが、きれいな女性だった。

　彼女の後ろにもう一人女性がいた。同じくらいの歳《とし》、褐色の肌に白い短髪、丈の短い濃い茶色のドレスを着て、ストールのような黒い布を首に巻いている。ブロンドの女性が「きれい」なら、こちらの女性は「かっこいい」が形容として正しい気がした。

「ここは……」そこで俺はまた大きく咳き込んで、隙間風のような高い音を鳴らして息を吸い込み、

「ここはどこ？　俺は死んだはずだ」

「ここはエントアの近く。君は死んでない」

「エントア？　そんな遠く？」屋敷から馬車で四日はかかる距離だ。

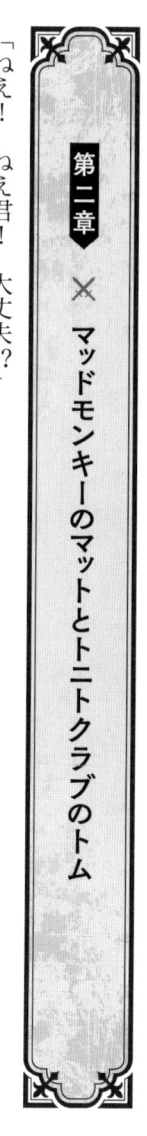

「いったい何があったの？」ブロンドの女性に聞かれたがなんと答えていいかわからない。

「あ……ああ、最後のほうはわからない。……多分死んだと思って俺を川に流したんだろうけど」

「なんだか複雑そうだね」

複雑だろうか。思ったよりも単純な気がする。皆に嫌われて、殺された。それだけだ。

「何にせよ、そのままじゃ風邪引くよ。もう引いてるかもしれないけど、火を熾《おこ》してあげる」

彼女が差し伸べた手を取ると俺は立ち上がった。

「私はアリソン。この子は私のサーバントでコルネリア。よろしくね」

「ニコラだ。よろしく」

アリソンは「ついてきて」と歩き出した。歩き出すと確かに濡《ぬ》れた体に空気が触れて、体が冷たかった。

そこで、ふと気がついた。

――そのままじゃ風邪引くよ。

「あれ!?」俺は両手を見た。

「なに？　どうかした？」アリソンは首をかしげた。

手首には相変わらず二つのブレスレットがついている。数が増えたりはしていない。他にアニミウムを身につけているわけでもない。

それに、あの瞬間、カタリナとの契約は切れたはずだ。サーバントが人型になれるのは人間と契約しているときだけ。俺はあいつが剣の姿に戻る瞬間をはっきりと見た。

じゃあ、どうして……。

「どうしてこんなに健康なんだ？」

まず、頭痛が全くない。いままで慢性的にあった痛みがスッキリとなくなっていた。こんなに頭が軽いのは初めてだった。

それから、息苦しさもない。流石《さすが》に寒さでふるえてはいるものの、息を吸う時にあったゼエゼエという不快な音がしないし、軽く吸い込むだけで胸の隅々にまで新鮮な空気が入り込んでいる気がする。腹痛もなくて俺は背筋を伸ばした。なんだかとても視線が高く感じる。

すべてが信じられないほど快適だ。

「あ？　いまから風邪を引いて不健康になるって話か？　どういうことだ？」コルネリアも首をかしげている。

「俺、魔力中毒症だったんだ。それも重度の。これ見てよ」俺はブレスレットを見せた。

「……それ全部アニミウム？」アリソンは目を剝《む》いた。

「そう！　高濃度のね。普通、魔力中毒症の人は真珠大のアニミウム一粒か、その半分の大きさを身につければ人並みに過ごすことができるらしいんだけど、両手あわせて三十個をつけても、俺は起き上がることすらできなかったんだ。サーバントと契約して魔法を使ってようやく起き上がれるような状況だった」

アリソンははっとした。

「ニコラ、サーバントは!?　もしかして流されたんじゃ!?」

俺は首を横に振った。

「契約は破棄された。いまの俺は、サーバントと契約してない」

そこで風が吹いて、俺は縮み上がった。健康でも寒いものは寒い。

「あの、火を熾してくれない？　やっぱり寒い。そこで話すから」

「あ、ああうん。わかった」アリソンは頷《うなず》いた。


森の中で乾いた木の枝を集めると、アリソンはコルネリアを使って小さな火種を作った。二人は手を繋《つな》ぐだけで魔法を使った。俺はカタリナを剣の姿にしてもろくに魔法を使えなかったのに。

一瞬パチッと火花が散るとすぐに火がついて、息を吹きかけると火は徐々に大きくなっていった。

「雷の属性？」

「そう。私、魔力が少ないから、あんまり魔法は使えないんだけどね」

俺は火にあたりながらいままでの話をした。俺を救おうとしてくれた時点でアリソンは悪い人じゃないとわかったし、俺には隠す秘密もない。

「――で、アニミウムを致死量注射されて、死んだと思った。気づいたらここに……」

「健康になる要素が全くないな。むしろ害ばっかりだ」コルネリアは腕を組んだ。

「アニミウム……致死量のアニミウムね……。でも多分それが原因だよね。その前までは健康じゃなかったんだし」アリソンは言った。

「多分そうだけど、俺はそんな話聞いたことない。注射したら人並みの魔力になれるなんて」

「私も。アニミウムが魔力中毒症の薬になるなんて聞いたことない」

「……というか、本当に人並みの魔力になってるのか？」

コルネリアの言葉に俺は首をかしげた。

「どういうこと？　だって症状は治まってるだろ。それって症状の原因だった魔力が少なくなったってことじゃ？」

「いや、さっきから感じてたんだけどな、ニコラのそばにいるとものすごい魔力を感じるんだ。特にそのアニミウムのブレスレットの辺りからな。ということはそのブレスレットはまだ機能してて、体内の大量の魔力を外に流してるってことだ」

俺は唖然《あぜん》とした。

「それって……俺の体の中にまだ大量に魔力があるってこと？　じゃあこの健康状態は一時的なもので、またすぐに起き上がれないほど体調を崩すかもしれないってこと……か……？」

急に不安が襲ってきた。俺は一人で生きていけるのか？

「これから……俺はどうしたら……」

その時だった。

「しっ」と、コルネリアが俺たちに言った。「何かいる」

アリソンは火に砂を撒《ま》いて消すと、剣に手をかけた。が、それをすぐに離すことになる。

草むらをかき分けるガサガサという音がして、その魔物は姿を現した。太陽が陰るほどの巨体が立ち上がる。真っ赤な目が俺の身長の二倍以上高い場所から見下ろしている。

「レッドグリズリーだ」コルネリアがつぶやいた。「運が悪い」

奴《やつ》は口元から腹まで真っ黒に汚れていた。汚れは、まるでさっきまで何かを食らっていたかのようだった。そして、まだ腹が満たされていないようだった。

地鳴りのような威嚇の声が辺り一帯に響き、背筋が凍る。

「コルネリア！」アリソンが叫ぶ。コルネリアが盾の形になる。

「ニコラ！　魔法使えないでしょ!?　私の後ろに隠れて！」

アリソンはコルネリアを構えると、俺の手を引いた。俺は引っ張られるままアリソンの背に隠れた。彼女はまだ俺の腕を握っていたが、その手はふるえていた。

「これに怯《おび》えて逃げてくれるとうれしいんだけど」アリソンはつぶやいてから、叫んだ。

「《雷撃盾》」

属性魔法だ。しかも防具の形をとっている。練度が高い。

アリソンの目の前に電気を帯びた半透明な盾が出現する。

「え？」アリソンはつぶやいた。「何この、大きさ。それに……」

盾は俺の倍、レッドグリズリーと同じくらいの大きさだった。布を裂くような音が辺りに響く。帯電した盾から小さな雷のように、時折光が地面を穿《うが》つ。

しかし、それだけじゃない。

「どうして水の属性が？」

盾には水の属性まで付与されていた。雷の盾にとぐろを巻くように、螺旋状《らせんじょう》に水の流れが巻き付いている。

レッドグリズリーは一瞬怯《ひる》んだが、すぐに腕を振り上げて、唸《うな》り声《ごえ》を上げた。奴の鋭い爪が盾に攻撃を仕掛ける。

その瞬間、盾に巻き付いていた水が蛇のようにレッドグリズリーに飛んでいき、バシャとかかった。それ自体に全く攻撃力はなさそうだったが、次の瞬間、爆発音がして俺は耳を塞いだ。俺の体がアリソンから離れる。辺りが光に包まれ、盾が一気に半分の大きさに収縮するのが見えた。

光が収まると、レッドグリズリーの姿がはっきりと見えた。奴は体から煙を上げて固まっていたが、しばらくするとふらりとよろけて倒れ込んだ。

アリソンの盾はまだそこにあったが、大きさは半分のままだった。

「……これ、私が倒したの？」アリソンが信じられないといった顔でつぶやいた。

俺の心臓はまだバクバクしていた。あんなでかい熊の魔物に襲われて生きているのが信じられなかった。

アリソンは優秀だ。魔法の練度が高く、それに属性を二つも付与できる。魔力が少なくて魔法があんまり使えないというのは謙遜だと思った。

「アリソン、守ってくれてありがとう。助かった」俺はまだ呆然《ぼうぜん》としているアリソンに言った。「属性二つも使えたんだね。それにこんなに大きな盾まで……」

俺がそこまで言うと、アリソンは大きく首を横に振った。

「違う！　そんな人間はいない！　属性は最大一つまでしか持てないんだよ!?　なのに、え？　なんで!? なんで、水の属性が付いてたの? なんで、まだ盾が維持できてるの!? いつもは三十秒もたないのに!!」アリソンが信じられないといった顔で言った。

と、コルネリアが盾の姿のまま、興奮した声で言った。

「おい! おい、ニコラ! アリソンに触ってみろ!」

「え?」俺は首をかしげた。

「いいから!」

俺はさっきと同じようにアリソンの背中に触れた。その瞬間、《雷撃盾》がぐんと巨大化してさっきの大きさに戻った。水の属性もそのままだ。

「すげえ! なんだコレ!!」コルネリアのはしゃぐような声が聞こえてくる。「力が有り余る感じがする!! ニコラから魔力が流れてくる感じがする!!」

俺はアリソンから手を離した。コルネリアは雷の盾を消すと、人型に戻ってアリソンに言った。

「アリソン! ニコラはすごいぞ!! 一緒にいるだけで魔法が使い放題だ!」

アリソンははっとして俺を見ていた。俺も多分同じように驚いた顔をしてるのだろう。

「これって……」

アリソンは雷の属性しか持っていない。そして二つの属性を持つ人間はいない。そこから導き出されるのは……。

「俺が魔力を送ったのか?」

「え?」

「俺、水の属性持ってるんだ。ほとんど使えたためしがないけどね」

アリソンはそれを聞くと納得したように頷いた。

「そういうこと……。だから二つの属性が……」

本当にそうならすごいことだ。

と、そこで俺はレッドグリズリーに遭遇する直前まで考えていたことを思い出した。

俺の体の中にはまだ大量に魔力がある。つまり、この健康状態は一時的なもので、またすぐに起き上がれないほど体調を崩すかもしれない。いままでずっと、対処するにはアニミウムを体に密着させるか、サーバントと契約して魔法を使う方法しか知らなかった。

けれど、いま、第三の方法が見つかった。

「アリソン！　俺の魔力を使ってくれ!!　いまは健康だけど、いつまた魔力中毒症になるかわからない。魔力を使ってもらう必要がある!!」

「え、ああ……そうね。それなら、うん」

なんか歯切れが悪い気がする。

「嫌……なの？」

「違う!!　そうじゃなくて……ニコラに悪い気がして……」

「なんで？」

「だってそうでしょ？　魔力のない私はニコラの魔力をただで使い続けるんだよ？　私にだけ利益がある感じがする」

「俺が不健康にならないように使うんだよ。相利共生だ。『マッドモンキーのマットとトニトクラブのトム』だ」

俺がそう言うとアリソンはキョトンとしたあと、笑った。

『マッドモンキーのマットとトニトクラブのトム』はサーバントと人間の関係性を教えるよく知られた童話だった。そしてそれは共生する生物たちの話でもあった。

魔力を持つ魔物たちの中には他の種族の魔物と魔力を送り合うことで互いに利益を得て生活しているものもいる。

例えば水辺に生息し体に泥を塗りつける習性があるマッドモンキーは、水の属性を持っているがそれだけではうまく狩りができない。鳥に向けて水をかけたりするが、落ちてくることはない。

そこで彼らは泥を塗りつける際、トニトクラブという雷の属性をもった小さなカニを一緒にすくい上げて、互いに魔力を交換しあう。マッドモンキーは雷の属性を持った魔力を受け取ることで、雷をまとった水を撃って鳥を落とすことができるし、トニトクラブは体の維持のために水の属性を必要としている。

俺はそれを読んだときに人間も魔力を誰かに分けることができたらなあ、と思ったことがある。

あれ？

その時、俺はエイダに試したけれど、魔力は流せなかったはずだ。魔力中毒の症状は改善しなかったから。どうしていまになって魔力を人に流せるようになったんだ？

ブレスレットだけでは、アリソンに触った瞬間に魔力が流れる説明がつかない。ブレスレットがアリソンの体に触れていたのならわかるが、俺が触れていたのは手や腕だ。まだ何か条件があるらしい。

アリソンは相利共生に納得したように頷いたあと、言った。

「わかった。じゃあ報酬のお金も半分にしよう。あ、その前に冒険者ギルドで登録しないとね」

「あ、金……ないんだった」

俺はいまさらながら気づいた。そうだ、俺はいま一文無しだ。逃げ出す時に持ち出そうとした金は、エイダに渡したままになっていた。いままで貴族としてエイダに買い物をしてもらったりしていたから金の存在をすっかり忘れていた。魔力中毒症でどうやって生きていくかということにばかり気を取られていて、どうやって生活していくかなんて全く考えてなかった。

「うん。わかってる。その服もなんとかしないとね」アリソンはレッドグリズリーを見て続けた。「これでその分は解決すると思うよ」

辺りにはレッドグリズリーの毛皮や肉の焼けた匂いが立ち込めている。アリソンは鉤爪《かぎづめ》の生えた手を切り落とそうとした。

「何してるの？」

「これが倒した証《あかし》になるの。これ全部は持っていけないでしょ？」

確かにそうかもしれないが、もったいない。

「《身体強化》で運んだら？」

「それができる冒険者もいるけど、私は魔力が……」そこまで言って、アリソンは俺の顔を見て「ああ」とつぶやいた。

「試してみようか」

俺はアリソンに触れた。コルネリアは盾になってアリソンの腕についている。

「よいしょ」

アリソンはその細い体でレッドグリズリーの頭を持ち上げ、さらに胴体も持ち上げた。自然、俺も胴体の下に入る形になる。

レッドグリズリーの体は大きすぎて全体を持ち上げることはできないが、引きずりながらなら運ぶことができそうだった。

「うわ、すごい。《身体強化》使っても一人でこんなもの運べる人そうそういないよ」

「重くないの？」

「全然」

「獣臭い」コルネリアが盾のままそう言った。

「仕方ないでしょ。私だってそうだよ」

「私はほとんど密着してるんだぞ!!」腕についたコルネリアは不満を言う。

レッドグリズリーの脚が引きずられて地面に跡が残っていくが、気にせず俺たちは歩き出した。

街の前まで歩き続けたが、俺の中の魔力がなくなる気配はなかった。本当に膨大な魔力があることがよくわかった。

街は大きな壁に囲まれていた。俺は自分の家からほとんど出たことがなかったので、その大きさに口をぽかんと開けた。

「でっか」そうつぶやくと、アリソンは笑った。

「王都はもっと大きいよ。ここは小さいほう」

世界は広いんだなとしみじみ思った。

どうやらレッドグリズリーは門の外にある解体場で処理されるようだった。そこへ運ぶとテントが張ってあり、その近くに解体場と見られる石造りの地面があった。

アリソンがテント内に声をかけるとギルド職員の女性が一人現れた。

彼女は俺たちが石造りの解体場に置いたレッドグリズリーを見て少し驚いていた。

「随分大きいですね。どうやって運んできたんです？」

「引きずってきました」俺が言うと、彼女はクスクスと笑った。ジョークだと思ったのだろう。

ギルド職員はレッドグリズリーのまわりを回って小さく頷くと、アリソンにいくつか質問をして何かを書いていた。結局、レッドグリズリーは爪と俺の頭くらいの大きさがある魔石が売れるようだった。魔石はドワーフやらエルフやらが作った魔道具を動かすために使うらしい。

レッドグリズリーを解体する時にも、動く刃の付いた魔道具を使っていた。魔道具の中でも魔力を伝導するアニミウムが使われている。人間の生活には魔石もアニミウムもなくてはならない存在だ。

解体が終わるとギルド職員がやってきた。

「討伐報酬も含めて八万ルナですね。ここにサインを」アリソンがサインをすると、ギルド職員は金属の板と紙をアリソンに手渡した。板にはギルドのマークと番号が描かれていた。

「板と一緒に紙をギルドの受付に渡してくださいね。そこで報酬を受け取ってください」

俺たちは門から街の中に入った。服を買ってもらい、未開の地から来た野生児みたいな格好から、そこそこ見られる姿になる。貴族だった頃には着たことのない生地の、白い服にズボン。アリソンの見立てで、冒険者をやっていく上で必要な革鎧と鉄の剣も身につけた。少し窮屈だけど、つけずに襲われて怪我《けが》して死ぬよりはいい。

ギルドは街に入ってすぐのところにあった。中に入ると武装した人たちがあちこちにいた。武装していないのはサーバントだろう。壁の大きな掲示板にはたくさん紙が貼ってある。アリソンは「討伐依頼だよ」と教えてくれた。奥には受付があって、忙しそうに職員が働いている。

「私は報酬を受け取ってくるから、ニコラは冒険者登録をしてなよ」

俺は一瞬戸惑った。一緒に行くもんだとばかり思っていたから。

なぜか、このまま置いていかれるんじゃないかという不安がふっとよぎった。子供みたいだと自分でも思ったが、でも、心にじわりと恐怖が滲《し》みた。

「どうしたの？」アリソンが首をかしげた。

「いや……何でも……」俺はそう言ったが不安だった。

そうだ、裏切られるのが、怖いんだ。そんなことしないとわかっていても、アリソンがいなくなってしまえば俺はまた一人で魔力中毒症に怯えることになる。

と、突然、コルネリアが俺の肩を叩《たた》いた。

「大丈夫だ、心配すんな。すぐ戻ってくる。なんなら見えるとこに私がいてやる」

彼女がニッと笑って、恐怖が晴れた。

こいつ、かっこいいな。なんでわかったんだ。カタリナとの違いにただただ驚愕《きょうがく》するばかりだった。

「わかった。ありがとう」俺は頷いてアリソンたちとは別の受付に向かった。


「冒険者登録したいんですけど」俺がそう言うと受付の女性はにこやかに言った。

「ではこちらに記入を」

俺は受け取った書類に記入していった。廃嫡《はいちゃく》されたので名字はなく名前だけ。それからサーバントもいないので空欄。その理由を正直に書く。水の属性を持っていることも書いておいた。

受付に提出しようとした時、突然、男が俺に体をぶつけて割り込んできた。俺は撥《は》ね飛ばされて地面に倒れ込んだ。

「痛《い》った」

「君みたいなヒョロヒョロのガキがこんなところに来るんじゃない」

男は俺を見下ろして睨《にら》んでいた。ブロンドの髪でイケメンだった。雰囲気が誰かに似ていた。

「ジェイソンさん。ギルド内でまた暴れられると困ります」受付の女性は少し怯えていた。

「暴れないよ。僕は忠告してるだけだ」

何なんだこいつは。確かに俺はヒョロヒョロのガキだけどさ。

ジェイソンと呼ばれた彼の後ろから女性のサーバントが心配そうに俺に駆け寄ってきた。

「大丈夫ですか？」褐色の肌で白い長髪。こちらもやっぱり誰かに似ていた。

「近づくな、ユリア」ジェイソンはユリアの襟を摑《つか》んで俺から引き剝がした。

彼の後ろから――ジェイソンのパーティだろう、男のサーバントを連れている――ユリアとは別のサイドテールの女性が歩いてくると、俺の書類を見て笑った。

「あなた、サーバントも持ってないの？『アニミウムが体内にあるから』？　死の川の水を飲んだの？　間抜けだね」クツクツと彼女は笑った。

「ねえ、見なよ」ジェイソンはサイドテールのその女性に言った。「こいつジャラジャラとアニミウムのブレスレットつけてる。魔力中毒症だ」

「ほんと。サーバントを持てない上に、魔力中毒症で体が弱いんだ。君、それでよく冒険者になろうと思ったね」二人はケタケタと笑った。

彼らの言ってることはいまの俺には的外れで、何も感じなかった。嘲笑《あざわら》ってくる彼らを俺は冷めた目で見ると、立ち上がって服を払った。

「お、立ち上がったね。僕と勝負でもする気？」

ジェイソンは俺を睨んだが、全然そんなつもりはなかったので俺はぽかんとしていた。

何言ってんだ、こいつは。言いたい放題言うところがライリーやバカ親父《おやじ》に似ていた。

「兄さん。やめてください」

見るとアリソンが立っていた。俺はようやくそこで気づいた。

ああ、ジェイソンはアリソンに似てたんだ。そしてユリアはコルネリアに。兄妹《きょうだい》だったのか。

ジェイソンは少し驚いていた。

「アリソン、知り合いかい？　ならすまないことをしたね」彼は笑って、続けた。「出来損ない同士、馴《な》れ合《あ》って仲良くするといい」

彼の首には縦長の金属が付いたネックレスがあった。色は金色。彼は言いたいことだけ言うと別の受付の方へと行ってしまった。

ジェイソンのサーバント、ユリアだけが残って申し訳なさそうにしていた。

「あの、……すみませんでした。ちょっと今日は機嫌が悪かったみたいで、それで……」

「ユリア！　早く！」遠くでジェイソンが呼んでいる。

「とにかく、すみませんでした！」ユリアは頭を下げると走っていった。

あの契約者に付くなんて、生きにくいだろうな。数日前の俺みたいに。

「ニコラ、大丈夫？」アリソンが半分心配そうに、半分申し訳なさそうに言った。

「押されただけだから、大丈夫。アリソン、お兄さんいたんだね」

「ええ。あまり性格が良くない兄がね」アリソンは下唇を噛《か》んだ。

「コルネリアとユリアって似てるけど……」

ああ、とコルネリアは言った。

「元々同じサーバントだったんだ。前のサーバントが戦闘で壊れて死んだあと、二つに分けて作り直されて、また新しく『祝福』を受けたから似てるんだ」

一つのサーバントを二つに分けるなんて初めて聞いたから俺は少し驚いた。

サーバントは一般的に、アニミウムを使って鍛冶師の金属加工によって作られたあと、大きな教会で『祝福』されることで人格化して、人と契約することで契約者の魔力を使って人型に顕現する。『祝福』のプロセスは教会に秘匿されているけれど、教会はサーバントを「神の使者」と呼んで敬っているからきっと神聖な方法なのだろうと俺は思っている。

コルネリアとユリアは『祝福』済みのアニミウムを使って作られたということになる。二つに分けると外見が似るなんて初めて知った。

「あの、登録の続きをしたいんですが」受付の女性に言われて俺は冒険者登録を続けた。

さっきジェイソンたちに笑われたから、サーバントの不在や、魔力中毒症は登録できない理由になるのかと思ったら特に問題ないようだった。

「初めはEランクです。これをどうぞ」

金属のプレートが付いたネックレスを受け取った。アリソンたちがつけていたのと同じ形だったが、材質は鉄のようだった。

「鉄はEランク、銅はDランク、銀はCランク、金はBランク、ミスリルはAランクです。一応アニミウムはSランクですがいまのところSランクの方は存在しませんので気にする必要はないかと。ランクが上がるごとに受けられる依頼も変わります」

ということは、ジェイソンはBランクだったんだな。アリソンはDランクで俺のひとつ上。彼女はパーティも組まず一人でランクを上げたことになる。それから諸々《もろもろ》の説明を受けたが、ランクを上げるのは結構大変みたいだったから、アリソンはかなり頑張ったんだろうと思った。

「これで冒険者登録は完了です。お疲れ様でした」受付の女性はそう言って微笑《ほほえ》んだ。


受付から離れるとアリソンは俺に袋を渡した。中を見ると銀貨がジャラジャラと入っていた。

「四万ルナから服の代金を引いた額が入ってる。さっき言ってた通り報酬の半分だよ。あの大きさのレッドグリズリーは本来、Bランクがパーティで挑むものなんだってさ」

「ありがとう」俺は中身を確認した。

一般的なメイドの月の報酬が八万ルナくらいのはずだ。一日でその半分を稼いだことになる。冒険者は稼げるが、命がかかってるのは身をもって体験した。だが現状、俺には唯一と言っていい金を稼ぐ手段だ。

俺は条件付きだが健康的な体を手に入れた。冒険者登録もした。そしていま、四万ルナという金を手に入れた。

いままで辛《つら》くて苦しい毎日だった。茨《いばら》だらけの真っ暗な洞窟の中を裸足《はだし》で歩いているような、そんな毎日だった。その洞窟を抜けて俺はようやく太陽の下に出られた。そんな気がした。

俺はもう貴族ですらないただの十六歳だ。

けれど、生きていた。ただ、そのことに感謝をした。

自由を手に入れた。次こそは幸せな人生を歩こう。

ようやく第一歩だ。

「ニコラ」コルネリアが俺に声をかける。

「何？」

「アリソンとパーティを組んでやってほしい」

……何をいまさら当然のことを言ってるんだ？

アリソンもそんな感じでキョトンとしていた。

「ニコラと一緒なら魔力の少ないアリソンは魔法が使える。魔力を貸してほしいんだ。つまり、ニコラ、お前を利用する形になる」はっきりとそう言った。

アリソンはぎょっとして彼女を見た。

「なんでそんなこと言うの!?」

「念を押して確認しておかなきゃならないことだからだ。いいかアリソン。ニコラは他の冒険者と組むことだってできる。魔力を使ってもらえればそれでいいんだからな」

「うっ」とアリソンは呻《うめ》いた。

「アリソンは魔力が少ない。それで冒険者ランクもなかなか上がらなくて困ってるんだ。だから、ニコラとパーティを組むことで、いままでできなかった依頼を受けたい。それが、嘘偽《うそ》りないアリソンの考えだ」

アリソンは下唇を噛んでうつむいていた。

俺にはコルネリアがどうしてそんなことをするのかわかっていた。

アリソンのためだ。そして、俺のためだ。本当に良い奴だな。

嘘偽りない。それがアリソンの反応でよくわかった。

「ニコラ。アリソンは絶対に裏切らない。いや、裏切ることにメリットがないんだ。ニコラとパーティを組んでいたほうがずっと良いからな」

「ああ。よくわかったよ」俺は微笑んでいた。

コルネリアは、俺がまだ完全にアリソンを信頼しきれていないことがわかっている。受付の前で俺の肩を叩いたときからわかっていたんだろう。

俺がアリソンとパーティを組むには、信頼以外の何かで結ばれる必要があると彼女は思ったんだ。だからわざわざ、俺を利用するなんて言ったんだ。

互いに利用できれば、信頼以外で関係は築ける。

これは一方的に何かを願うような関係じゃない。

きっとマッドモンキーのマットはトニトクラブのトムに期待しているわけじゃない。

トムはマットに愛情も信頼もあるわけじゃない。

でも彼らはそれでうまくやっている。

「ありがとう、コルネリア」

俺はそう言ってアリソンの手を取った。アリソンは顔を上げて俺の目をじっと見た。

「相利共生関係になろう、トム」

彼女は一瞬キョトンとして、それから笑った。

「よろしくね、マット」

彼女の笑顔はとても美しく輝いていて、俺はしばし見とれてしまった。

その夜。俺は宿のベッドで横になっていた。魔力中毒症の症状は全くない。やっぱりアリソンに魔力を流したからだろうか。そう思ったがそれでもわからない部分はまだある。

どうして川で目を覚ました直後も俺の体は健康だったんだ？

どうしてアリソンに触れるだけで魔力を流すことができたんだ？

人間は魔力を操作できない。サーバントがいなければだめだ。

もちろん、魔力を流すことなんてできない。そのはずだ。

じゃあ、どうしていまの俺は魔力を流せるんだ？

……もしかして魔力を操作できてるのか？

俺はベッドから立ち上がると、体の中の魔力を感じてみた。温かいものが体中を流れているのを感じる。いままでそんなことなかったのに。これはまるで……

「サーバントを使ったときのような……」

もしかして魔法も使える？

「いやいや、そんなまさか」

魔法を使える人間なんていない。使えるのはハーフエルフや獣人たちだけだ。彼らの体には魔力を循環する器官があるから……。

循環。

俺の体で循環しているもの。

血液。

俺はアニミウムを注射された。

いま俺の血液にはアニミウムが大量にある。

そして、アニミウムは……、

「魔力を伝導する」

つまり、
擬似的に、魔力が循環する器官を手に入れたのか!?

だから、魔力がまだ大量にあるのに、俺は魔力中毒症になっていない。魔力が循環しているから。

そういうことなのか？

「ってことは、もしかして……」

俺は体を循環する魔力を感じながら魔法を使った。

「《身体強化》」

全身がふわっと軽くなる。俺は腕を縦に振ってみた。

が、

「うわ！」

グンと想像よりも腕が動いて、机にぶつかる。机は大きな音を立てて割れてしまった。

ああ、やってしまった。弁償しないと……。

壁がドン！　と叩かれて「うるせえぞ!!」と隣の客から文句を言われた。

ビクッと驚いたが、多分それ以上に感動で体がふるえていた。

魔法が使える……！

いままで全然何もできなかったんだ。魔法も使えない、運動もできない、本当にただ毎日が過ぎ去るのを見ていることしかできなかった。でもいまは違う。

魔法を練習しよう。「何かができる」というだけで俺はわくわくしていた。


ナディアはニコラがアニミウムを投与されてから起きたことの一部始終を見ていたが、すべてがどこか遠くの出来事に思えた。

アニミウムを大量に投与されたニコラはそのあと、レズリー伯爵の指示で『死の川』と呼ばれる場所に運ばれていった。ニコラの顔はアニミウムの過剰投与のせいで黒ずんでおり、病気で亡くなったと嘘を吐《つ》くにはあまりにも無理があった。川に流されたあとそれが戻ったのをライリーたちは知る由《よし》もない。

カタリナはそのあと、ライリーと契約を結び人型に戻った。サーバントが二人の人間と同時に契約できないのに対して、人間は複数のサーバントと契約できる。ライリーはナディアとカタリナ、二人と同時に契約したことになる。

「これで安心です。一ヶ月準備してきたかいがありました」

カタリナはそう言ったが、ライリーは彼女を睨んだ。

「準備が無駄になっただろ！　カタリナが兄さんを殺したから!!　本当はただ外に放り出す予定だったのに」

「でも魔力中毒症を悪化させて抵抗力を削《そ》ぐことはできましたからスムーズでしたし、それにあの男が復讐《ふくしゅう》のためにやってくる心配もありません。ライリーの将来は安泰でしょう？」

「まあ、それはそうだけど……」

カタリナはライリーを後ろから抱きしめた。ライリーは少し顔を赤くした。

「ねえ、もうその話はいいでしょう？　早く部屋に行きましょう？　これからは気にせず毎日だってできるんですよ。だって私たちは契約してるんだから」カタリナはライリーの太ももに触れた。

ライリーが頷いて立ち上がると、カタリナは彼の腕を抱いた。

「えぇと、ナディア。ちょっと外を散歩してくるといいよ。今日、ニコラのことがあって少し動揺してるでしょ？」彼はそう言って部屋に戻っていった。

二人が何をしているのかは知っていた。そしてそれが一ヶ月以上前から続いていることも。ニコラは気づいていなかったみたいだけど。ただそれを家族が死んだその日に行える神経がわからなかった。

ナディアは二人の関係を知っていた。ただ、ニコラをどうするかという計画は知らなかった。多分ライリーはナディアを外に出している間にその話をしていたんだろう。

窓の外を見るとかなり激しい雨が降っていた。ライリーはもう、カタリナに夢中なんだ。他のことなどどうでもいいみたいに。

（私のことなどどうでもいいみたいに。雨の中を散歩に行けというくらいには。いつか私も、ニコラのように捨てられるのだろう）

大雨で嵩《かさ》が増した川はニコラの体を押し流してしまうだろう。ナディアは自分が同じように川に捨てられて、流れに揉《も》まれ、そのまま壊れて死んでしまうのを想像して身をふるわせた。

（私がもっと、ニコラと一緒にいればよかったの？　ニコラと契約していればこんなことにはならなかったの？）

そう思ったが、きっと彼が長男であり、レズリー伯爵を継ぐ資格をもっている以上、廃嫡は免れなかったんじゃないかと思う。

ナディアが外に出ようとすると、エイダがぼうっとしているのを見つけた。ナディアは彼女に声をかけた。

「あの、大丈夫ですか？」

エイダは顔を歪《ゆが》めて身を縮めるようにして、涙を絞り出すようにして泣いた。

「私はニコラ様を……守れなかった……。なのに、ニコラ様は最後まで私を守ろうと……」

ナディアは彼女の背をさすり慰めたが、涙が止まることはなかった。

事件は雨が上がって地面が乾いた数日後に起こった。ライリーはカタリナを連れて練習場に来ていた。レズリー伯爵と剣をぶつけ稽古をしている。

いつもの風景。そこにニコラの姿はもちろんない。いままでカタリナが座っていた場所にナディアは座っていて、カタリナはライリーの腰にぶら下がっていた。

剣の練習が終わるとライリーは言った。

「兄さんがいなくなって、練習に集中できるよ」

「ああ、そうみたいだな」

期待しているぞ、とレズリー伯爵は笑うと屋敷へと戻っていった。

ライリーはカタリナの刀身を腰から抜いた。

「魔法を使ってみよう。僕たちなら大丈夫。通じ合ってるから、いままでよりもっとすごい魔法が使えるはず」

「ええ、きっと」カタリナが答えるとライリーは微笑んだ。

「よし、やるぞ」

ライリーはカタリナを構えて叫んだ。

「《流水剣》!!」

…………………………。

何も起こらなかった。

「あれ？　カタリナ？」ライリーは首をかしげた。

「ライリー？　何をしてるんですか？　早く出してください」

「何言ってるんだ？　僕に魔法が使えるわけないだろ!?　カタリナが出すんだよ！」

ナディアが彼に使われるときはいつも、ライリーの魔力を使ってナディアがすべて魔法の構築を行っていた。要するにライリーはすべてサーバント任せで魔法を使っていた。ライリーの魔力をサーバントに送る調整もできないので、それもナディアが調整していた。

魔法を使うのはサーバントだけだと思われがちだがそうではない。人間はサーバントと契約していない状態では魔法が使えないというだけで、サーバントと一緒であれば魔法の構築に参加できるし、魔力の流れを感知できる。

より強力で複雑な魔法を使うには契約者とサーバントの両方が構築に参加することが必要不可欠であり、契約者が属性持ちであれば更に難易度が上がる。

ナディアは一人でそれをやってのけていた。

教会に行ったことがあれば、誰しもがこのことを教わるはずだった。契約者と協力しなさい。サーバントと協力しなさい。さすれば、魔法を高めることができるでしょう。

しかしライリーは話を全く聞いていなかったし、それはレズリー伯爵も、カタリナも同じだった。

カタリナはナディアと全く逆で、魔法を使うとき、ほとんど何もしていないどころか邪魔ばかりしていた。というより、カタリナはニコラの魔力量を処理しきれなかった。

彼女はただただ下手くそだった。

だが、カタリナはそれを認めようとしなかった。彼女はプライドだけは高く自分ができないということを認めず、ニコラのせいだと思い込んでいた。

ニコラとカタリナの練習を見ていたナディアは、カタリナの性格をよくわかっていたので、何も言うことができなかった。

ナディアは臆病だった。だから、怒られたくなくて必死で一人で練習して、水の属性魔法を、一人で使えるようになった。彼女はライリーに触れることなく、近くにいるだけで魔法を使えた。ライリーはそれを自分の力だと思い込んでいたようだけど。

そのライリーはいま、カタリナに叫んでいる。

「カタリナ、早く」

「わかったから、急《せ》かさないでください」カタリナはなんとか魔法を使おうとしているがうまくいかない。《流水剣》どころか、水の球すら作れていなかった。

(というより……水の属性が、魔力にないんじゃ……?)

ナディアはそれに気づいて、はっとして自分でも魔法を使おうとした。

ナディアは魔力の流れを感じた。だが、そこに水を出現させる要素をまるで感じ取れなかった。いままであった感覚が少しも……。

「おい!!」その時だった、ライリーがこちらを向いて怒鳴りだした。

「ナディア!! 僕とカタリナの邪魔をしたな!? 僕の許可なく魔法を使うんじゃない!」

ナディアは萎縮してうつむいた。

「ごめんなさい」

「そうか、だからカタリナは魔法が使えなかったんだな。おかしいと思ったんだ。僕とカタリナの相性の良さで魔法が使えないわけがない」ライリーは無理やり笑みを浮かべてそう言った。

きっとそれが原因じゃないことに気づいている。カタリナが原因だということに気づいている。

けれど認めたくないといった顔だった。

「ナディア。嫉妬するのはわかりますが、少し冷静になってください」カタリナは人型に顕現するとそう言った。

彼女は……ああ……自分が、原因だと本当にわかっていないみたいだった。

「私、離れてますね」ナディアは立ち上がると屋敷の方へと早足で進んでいった。

そんな……。

どうして……。

(どうしてライリーは水の属性を失ってしまったの?)

それどころか、いつも感じていたたくさんの力を——魔力を感じることができなかった。

いつから?

いつから、感じ取れなくなっていたんだろう。

ナディアは考えて、思い出した。

「ニコラがいなくなってからだ……」

✕
✕
✕

数日後、ニコラの廃嫡を聞いてローザがやってきた。

「どうして廃嫡なんてしたんです？　とローザは言ってます」グレンは応接間で椅子に座るとすぐに伯爵にそう尋ねた。ローザは膝の上で両手を握りしめ、伯爵を睨んでいた。

ナディアは部屋の隅の方に立ってその様子を眺めていた。

伯爵はため息を吐いた。

「ああ、それは、ニコラがカタリナを虐げていたからだよ。メイドの証言もある」伯爵は両手を握りしめた。「レズリー伯爵を継ぐには、人間性に問題があってね。追い出すことにしたんだよ」

サーバントは教会で神聖視されていると言われていた。それは貴族間でも共通認識だった。そして貴族たちは道徳を重んじた。サーバントを虐げたニコラは道義に反する、それがレズリー伯爵の言い分だった。

ローザはカップを置くと、グレンに耳打ちした。

「ニコラはそういう人には見えませんでしたよ。とローザは言ってます」グレンがそう伝えた。

「ああ。私だって信じていたさ。けれど……言うのもはばかられるようなことをあいつは……」

「具体的には？　とローザは言っています」

グレンが、そう言った。ローザは耳打ちをしていなかった。まるでローザの言いたいことがわかっているようだった。

伯爵は怪訝《けげん》な顔をした。

「それを言うわけにはいかない。耳に入れるのもおぞましいことで……」

「具体的には？　そう聞いてるのよ」グレンの口が動いた。勝手に動いているみたいに見えた。ローザは伯爵を鋭く睨んでいる。

伯爵は驚いていたが首を横に振った。

「とにかく彼には問題があった。道義に反したんだ。だから追い出すことにした」

「私の父に怪しまれたんでしょう？　だからこんなに焦って行動したんです」

もう、ローザは隠そうともしない。耳打ちなんてしなくても、ローザの言葉をグレンは話した。

伯爵はぎょっとした。

「違う！　何を言って……」

「図星でしょう？　怪しんでいるような手紙が来たんでしょう？　お父様自身がここに来ると書いてありましたね？　だから、サーバントを虐げているなんて理由をでっち上げて、ニコラを廃嫡することにした。これ以上詮索されないようにするために」

伯爵は顔を真っ赤にして怒鳴った。

「そんな訳ないだろう!!」

ローザと伯爵はギッと睨み合った。まわりにいたメイドや使用人たちがオロオロと居心地悪そうにしている。

ローザはふっと息を漏らすとグレンに耳打ちした。

「どこに追い出したんです？　クルニテ？　ハイペリカム？　ポトリア？　とローザは言ってます」

伯爵は大きく二回深呼吸をして、呼吸を整えると静かに言った。

「わからない。金を渡して馬車に乗るように言ったからな。どこに行ったのかはわからない」

（うそばっかり）ナディアは小さくため息を吐いた。それを、ローザは目ざとく見ていて、目が合ってしまった。

「そうですか、わかりました。とローザは言っています」

グレンがそう言うとローザは立ち上がり帰っていった。

伯爵はため息を吐いた。

「まったく、面倒な女だ」

それから数日が経《た》った。ライリーは常にイライラしていて、ナディアに当たった。

「また僕たちの邪魔をしているんだな!?　そうなんだろ!!」

ナディアはライリーたちが訓練している場には一切足を運んでいなかった。どうやら彼は自分たちがニコラを追い出した理由が何だったかを忘れてしまっているらしい。

ついに、彼は言った。

「もううんざりだ!!　ナディア、君との契約を切る!!　剣の姿で過ごすと良い!!」

「ちょっと!　そんな!!」ナディアは反論しようとしたが、ライリーは一方的に契約を破棄した。

ナディアは剣の姿になってしまい、物置に放置された。

更に一週間くらい経った頃、突然エイダが物置にやってきてナディアを持ち上げた。運ばれた先にはローザとライリーがいた。

「これで満足か？」ライリーはローザに言った。

「はい。二人は私が連れていきます。とローザは言っています」そうグレンは言った。

そのまま、ナディアとエイダはローザとともに馬車に乗せられた。

馬車が動き出すとグレンが言った。

「ナディア。エイダからすべて話は聞きました。ニコラはもう……」そこでグレンは口を閉じた。

ローザはうつむいて両手を握りしめていた。

「二人は家《うち》で引き取ります。あの家に置いておくわけにはいきません。ナディアさえ良ければ、私の妹と契約してくれませんか？　彼女はまだサーバントを持っていないんです」そうグレンは言った。

ナディアは一瞬驚いてそれから答えた。

「お願いします。ありがとうございます」

第三章 × 魔法を練習しよう

宿で目を覚ますと俺はベッドから体を起こした。

ああ、なんて快適な目覚め。頭痛もなければ倦怠感《けんたいかん》もない。

ベッドから出ると昨日買った革の鎧《よろい》をつけ、すぐに階下に降りていった。

太陽がまだ完全に昇っていないのか、空は明るくなり始めているが街の中は影になっていた。街はもう起きる準備をしていて、煙突からの煙や、開店の準備をする人たちがちらほら見えた。こんな時間に目を覚ましたのは初めてで、テンション爆上がり状態で準備運動をすると街の外に向かった。

さあ、魔法の練習だ。

サーバントと契約できない俺が冒険者としてやっていくには、サーバントに匹敵するくらいの力が必要だ。それにいままでできなかったことは何でもやってみたかった。

門番のおっさんに挨拶をして街の外に出ると、まわりに何もない場所で立ち止まった。ここら辺なら何しても大丈夫だろう。宿だと加減を間違うとどうなるかわからないし、建物を壊して弁償とか絶対できないからな。机は……弁償しないといけないけど。

大きく息を吸い込んだ。いままでと違い一人で魔法を使えるなんてワクワクしていた。

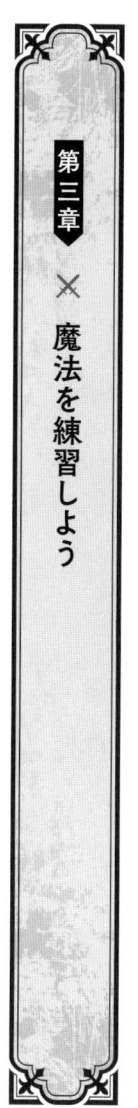

まずは《身体強化》からやってみよう。

昨日と同じように全身に温かいものが流れるような感覚をイメージする。まずは軽く魔力を流して、ジャンプしてみた。

「うお！」

自分の身長なら余裕で超えられるくらい跳んでしまった。

「……どうしよう」これ以上高いジャンプをすると着地が怖いんだけど。

俺は少し考えて思い出した。そうだ。確か《身体強化》の発展で《闘気》というのがあって、切りつけられても傷がつかないようになると本で読んだ記憶がある。衝撃にも強くなるらしく、高いところから落ちても平気なはずだ。

ただ、どうやるのかさっぱりわからない。

しばらく体に魔力を流してみたが、衝撃に強くなった気がまるでしない。何かコツが必要みたいだ。

「知ってる人に聞いてみよう」と独りごちて次に進む。

次は水の魔法だ。カタリナを使って水を作ったことはあったが、自分ではまだやったことがない。

俺は集中して、空中に水の球が浮かんでいるようなイメージをしてみた。だが、

「全然できない!!」

手を伸ばしたり変なポーズを取ってみたり、色々試したけど全然ダメだ。

そもそも魔力を外に出す方法がわからない。《身体強化》のように体の中に魔力を巡らせて強化

する、というのであれば温かいものを流してやれば良いのだけど、体の外に出そうと考えるとわからなくなってしまう。

だって俺の体以外の場所が温かいとか感じ取れるわけがない!!

かろうじて手の先やら手の平やらが暖かくなるところまではできるがそこから先、空間に魔力を放出させるということができない。イメージができない。

もしかしたら《闘気》も同じように体の外側に魔力を持ってこないとダメなのかもしれない……。

「これも知ってる人に……」

アリソンたちしか知り合いいないけども。


彼女たちとギルドで合流すると俺はすぐに尋ねた。

「コルネリア、《雷撃盾》を作るときってどうやってるの?」

「どうって言われてもな……」コルネリアは少し唸《うな》って「出ろーって感じだな」

全然参考にならない。

「《身体強化》はできたんだ。なんとなくサーバントが魔法を使った感覚に似てたから」

そう言うと二人はぎょっとした。

「魔法が……使えるの?」

「そうなんだ、使えたんだよ。昨日の夜、宿の机壊して気づいた。びっくりした」

「何してんだ……」コルネリアが呆《あき》れたように言った。

俺は自分の考えたことを話した。血液の中にアニミウムがあってそれが原因で魔力が体の中を循環しているという話だ。

「じゃあ、健康になったのも……」

「そう、体の中を魔力が循環してるから。でもこれから先どうなるかわからない。もしかしたら循環が足りなくてまた魔力中毒症になるかもしれないし」

「そうだね……。そうなって二日目だもんね」

「わからないことが多すぎる」

俺が言うと、アリソンは頷《うなず》いた。

「で、魔法の話なんだけど、体の外側に魔力が出ない。アリソンに魔力を流すのとはわけが違うんだ」

アリソンはしばらく考えると、

「私たちが魔法を訓練したときはね、《身体強化》のあとに《感覚強化》をやったの。《感覚強化》は《探知》の前段階で音とか空気の動きに敏感になれるのね。私はあんまり剣術とかうまくなかったし魔力量も多くなかったから、《感覚強化》を重点的にやって、攻撃を避《よ》ける訓練をしてたの。それをやってたら《雷撃盾》が出せるようになったかな」

コルネリアも頷いていた。

「《感覚強化》って最初は体の表面に近いところに魔力を集めるんだが、それだけじゃ十分じゃなくてな。音とか空気の動きとかを探知するにはもっと外側に魔力を集める必要があったんだ。強化した感覚を頼りにして更に外側、更に外側ってやっていったな。そこのところは《身体強化》の温かい魔力を感覚で集めるのと一緒だな」

俺は少し驚いた。

「サーバントって契約者の感覚わかるの？　熱いとか冷たいとか、こんな音がするとか」

「私はわかる。盾になってアリソンの魔力を使うときにな。アリソンもそうだろ？」

「うん。コルネリアが魔法を使ってる感覚がわかるし、私も少しは制御できる」

そうなんだ。カタリナは全くわかっていなかったからびっくりした。絆《きずな》の深さや練度が関係してるんだろうか？

ただ、サーバントの感覚がわかるというのは理解できた。カタリナと魔法を使っていたとき、アリソンの言うように魔法を使っている感覚はわかっていたし、制御もほとんど俺がやっていたから。

「ありがとう。それをヒントにやってみるよ」

すぐにでも練習したかったが、冒険者として金を稼いでおきたい。昨日四万ルナを稼いだけれどあれは「運が良かった」からだし、Bランクがパーティで受ける魔物をポンポンと倒せるわけがない。地道に稼ごう。

俺たちは掲示板の前に向かった。俺はEランクで、アリソンはDランクなので受けられる依頼は限られていた。

Eランクの依頼を見てみると引っ越しの手伝いやら、迷い犬の捜索やらがほとんどで、依頼内容に戦闘が含まれるのはDランク以上のようだった。といっても、Dランクも戦闘を含みはするが雑用であることに変わりはない。

「ニコラの魔力を使って、水の魔法使う練習がやりたい」コルネリアはそう言った。

俺も早く魔法が使えるようになりたい。現状の俺は《身体強化》しかできない足手まといなので、戦闘が含まれる依頼の場合、アリソンにひっついていくしかない。

「お、これなんかいいじゃん」コルネリアがそう言って指差したのはラバータートルの討伐依頼だった。

甲羅が耐火性のゴムでできていて剣を通さないいし、電気も火も通さない。その性質から防具なんかの素材によく使われるようだ。攻撃しようとするとすぐに甲羅に閉じこもってしまい、貝のように密閉するので簡単には倒せない。水に沈めると呼吸のために首を伸ばすので、露出した柔らかい部分を攻撃するのが基本的な討伐方法らしい。

「嫌!!　絶対嫌!!」アリソンは大きく首を横に振った。あまりにも拒絶するので俺はびっくりした。

「なんで？　ただの亀でしょ？」他の魔物に比べたら簡単そうなんだけど。

「こいつすんごい力で噛《か》むんだよ!?　電気も通さないから追い払えないし!!　私小さい頃、電気通さないの知らなくて、追い払おうとして指噛みちぎられそうになったことあるの！」アリソンは右手の人差し指を擦《さす》るようにしてそう言った。

「あれは子ガメだっただろ。そんな力ない」コルネリアは「大げさだな」とアリソンを見た。

「あの時コルネリアも慌ててたでしょ!?」

コルネリアは黙った。慌ててたらしい。

「でも水の魔法があれば倒せるんだろ？　練習にちょうどいいんじゃない？」

そう俺が言うと、アリソンは下唇を噛んで、それからため息を吐《つ》いた。

「わかった……」

俺たちはそのDランクの依頼を受けた。


「ひいい!!　なんでこんなにいるの!?」

馬車で現地に向かうとゴロゴロと十頭ほどのラバータートルが転がっていた。アリソンは俺とコルネリアの後ろに隠れてふるえている。

依頼をした村の村長らしき男がやってきた。

「ああ、助かります。今年は随分多くて困っていたんですよ。怪我《けが》をする村民もいますし。去年まではグリフォンが食べていたようで数は少なかったんですが、討伐されてしまったようですからね。……そうそう、あなたに似たサーバントを持っている男性に」

村長はコルネリアを見てそう言った。ということはジェイソンが討伐したんだろう。

村長は腕を組んで遠くを見た。

「あれはここらへんの守り神だったんですかねえ。あのグリフォンがいなくなってからこういうことが多いんですよ。最近はブラックボアやら、でかいカタツムリやらに農作物を荒らされましたし。それにドラゴンが来たこともありました」

「ドラゴン？　襲われたらこんな村ひとたまりもないんじゃ？」

「ええ。ただ被害はありませんでした。すぐにいなくなってしまいましたし」

アリソンは俺たちの後ろに隠れたまま、眉をひそめて言った。

「一年くらい前、確かに兄さんは大怪我して帰ってきたことがあった。『グリフォンを追い払ったぞ』とか言ってたっけ。……そのグリフォンって討伐依頼出してたんですか？」

「とんでもない。温厚な性格でしたし被害もなかったので出してませんよ。なのにある日その冒険者がやってきて、村の近くでグリフォンと戦っていたんです。大きな魔法を使ったのか、ものすごい音がしてましたよ。そのあと山に入ってしまったんで最後までは見ていませんが」

「また勝手なことしてる」アリソンはブツブツとつぶやいた。

「ともかく今回の討伐依頼はラバータートルです。よろしくお願いしますね」

村長はそう言うと村に戻ってしまった。

「いままでもこういうことあったの？」

「ええ。兄さんは自分の力を示したいみたい。討伐依頼もないのに魔物を狩って迷惑をかけてるの。……ってことは、これは兄さんの尻拭いなのね」

アリソンはそう言って深くため息を吐いた。


「よし、やるか」

一頭のラバータートルの近くまで行くとコルネリアがそう言った。ラバータートルは亀のくせに凶暴だった。歯を嚙み合わせてカチカチ鳴らし、威嚇してくる。俺たちはまだ何もしていない。なんでそんなに襲う気満々なんだ、お前。というかこいつ歯あるのか。

アリソンはまだ少し離れた場所にいた。

「ほら、アリソン」

「わ、わかってる！」アリソンはコルネリアのそばまで歩いてくると盾になった彼女を持った。

俺はアリソンの背に触れる。

「コルネリア、水だけ出せる？」アリソンはラバータートルに怯《おび》えながら尋ねた。

「……やってみる」コルネリアは自信なさげだ。

俺の手が温かくなる。今朝魔法の練習をしたためか、かすかに魔力の流れがわかるようになっていた。

ボワン、と眼の前に両手を広げたくらいの直径の水の球が浮かんだ。が、パチパチと音がしていて、完全に水の属性だけでできているわけではないようだ。

「難しいな。どうしても雷の属性が混ざる」

「とりあえずこのまま、ラバータートルに使ってみる？」

アリソンは手をラバータートルの方へと向けた。亀が水球に包まれる。慌てた様子で脚をバタバタと動かし、首を伸ばし始めた。

アリソンは剣を手にしたが、そこで固まってしまった。

「何してんの？」コルネリアが尋ねた。

「このまま切ったら、私、感電するよね？」

電気の走ってる水の中に鉄の棒を入れればそれは感電するだろう。

「……そうだね」

ラバータートルは水の球の外に鼻を出して呼吸をしている。逃げ出そうと必死になっていて、その顔はこちらを睨《にら》んで牙を剥《む》いている。

こつわ。アリソンがまた悲鳴を上げた。

ただ、心なしかラバータートルの動きは鈍くなった気がした。

「ねえ、このまま雷の出力上げてみたら？」俺は提案してみた。

「効かないのに？」

「でもなんか動きおかしいじゃん。首とか、脚には雷効くんでしょ？」

威嚇のために鳴らす口はさっきより音が小さい気がするし、それに鼻が時々水中に戻ってしまっている。

「……やってみる」

水の球から発していたパチパチという音が大きくなる。と、ラバータートルが一瞬びくんとはね、そのまま動かなくなった。アリソンが魔法を解くと、地面にドスンと落ちてきた。首が伸びた状態でピクリとも動かない。

「倒した？」アリソンが剣の先でツンツンと頭を突《つつ》く。ラバータートルは動かない。

「倒した！」彼女はホッとしたようにそう言った。

同じ方法で残りのラバータートルを処理していく。

「ふっふっふ。お前たちなどもう怖くないさ」アリソンはそう言って拾った木の棒で甲羅を突いた。

ラバータートルは「グワ」と口を開け木の棒を噛み切った。キレイにバツンと枝の先がなくなった。

「ひい！」アリソンは後退《あとずさ》ってコルネリアの後ろに隠れた。

最後の一頭を倒すと、アリソンは地面にしゃがみ込んで安堵《あんど》のため息を吐いた。

「ああ、やっと倒した。怖かった」

人型に戻ったコルネリアは少し考え込むようにしてから言った。

「なあ、ニコラ。アリソンに抱きついてくれないか？」

「え!?」と俺とアリソンが同時に驚いた。

「な……なな、なんでそんな」アリソンは明らかに動揺していた。

「いや、今日ずっと水の球を出していたが、毎回雷の属性が付いていただろ？　ニコラがアリソンともっと接触すれば、水の属性がもっと感じられるんじゃないかと思ってな。何か摑《つか》めるんじゃないか？」

「……ほんとに？」

「ああ」コルネリアは頷いた。

アリソンはしばらくもじもじしていたが、立ち上がると意を決したように鎧を外した。いままでは背中の僅かに空いた部分に手を当てていたが、これなら、確かに体を密着できる。

彼女は両手を伸ばした。顔は赤くてうつむきがちだった。

「ニコラも、ほら、防具外して」コルネリアが平然とそう言った。

俺はある一瞬まで冷静だった。いままでだって女性と抱き合う機会はいくらでもあった。メイドのエイダに介護されてきたからな。

ベッドから起こされたり、車椅子に座らされたり。ひどく調子が悪いときはそうせざるを得なかった。そこにドキドキなんて微塵《みじん》もない。むしろ、辛《つら》く苦しい記憶しかない。

だからこれだってそれと同じ、ただの作業の一環なんだと思っていた。

俺は革の鎧を脱ぐと、アリソンの前に立った。

顔赤くした彼女は上目遣いで言った。

「ニコラ、……早く」

心臓がぎゅっと鷲摑《わしづか》みにされる。

俺は更に彼女に近づいた。小さな頭が俺のすぐそばにある。アリソンは目をそらして、俺の胸に耳を当てるようにして抱きついた。柔らかい彼女の体が俺にピッタリとくっ付いている。

「ニコラも、腕回して」アリソンはそう言った。

俺の手はふるえていた。ぎゅっと彼女を抱きしめると俺の頰《ほお》は彼女の頭にくっ付いた。

「いま汗かいてるから、匂い嗅がないでね！」アリソンの声が振動で伝わってくる。

魔力とは違う何か温かいものが胸の中にじんわりと広がっていく。緊張していたけれど、いまは彼女の体温が心地よかった。

「コルネリア！　どうなの!?」アリソンが尋ねた。

「うおお！　すっごい魔力！　でも多分、さっきと同じだなこれ。水の属性だけにはならないな。

練習が必要だ。……もう離れていいぞ」コルネリアは腕を組んでそう言った。

俺はもう少しこの感覚を味わっていたかった。アリソンは俺の背から手を離したが、俺はまだ、彼女を抱きしめていた。

「ちょっと、ニコラ。もういいんだよ」アリソンは俺の腕の中で顔を上げて、俺の脇腹をぽんぽんと叩《たた》いた。

「もうちょっとこうして……」

コルネリアが近づいてきて、俺の頭を叩いた。

「離れろ」

「痛い」俺は渋々アリソンから腕を離した。

アリソンは離れると、俺を見上げた。

「もう、びっくりするでしょ？」彼女は顔を赤くして頬を膨らませていた。多分、俺も顔は真っ赤なんだろうと思った。

エイダに介護されていたときとは違う。全然違う。

女の人って抱きしめるとこんなに柔らかくて、温かくて、心地いいんだ。

と、そこに村長が歩いてきて頭を掻《か》いた。

「おや、お邪魔でしたかな」

「いえ！　そんなことありません」アリソンは鎧を身につけながらそう言った。

俺が鎧を身につけ終えると村長は言った。

「確かに、ラバータートルはすべて倒されていますね。どうやったのかはわかりませんが、大きな傷もなく素晴らしい」

どうやらラバータートルは村で引き取って商人に売るらしい。そこらへんも報酬に入っているんだろう。

依頼書にサインをもらうと俺たちは冒険者ギルドに戻るために馬車に乗り込んだ。

馬車の中で、アリソンはなんだかよそよそしかったがコルネリアは対照的にニヤニヤしていた。

ギルドに戻って報酬を受け取り、昨日と同じように半分に分けた。アリソンは最後までよそよそしかったが、別れ際に顔を上げて言った。

「明日も、よろしくね」

俺は頷いた。

×××

翌日、俺は昨日と同じように、街の外で魔法の練習を開始した。

アリソンたちの話を参考にすると、《身体強化》が体の内側へ向けた魔力の使い方なのに対して、《感覚強化》は外側で、ある程度コントロールできると体の外に魔力を出せるらしい。

そういえばカタリナと一緒に水を出した時は「空中に出た」というよりは「手が濡《ぬ》れた」というのが正しかった。多分、カタリナは魔力を外側に出すことがあまりできてなかったんじゃないか、と思う。

《感覚強化》。俺はまわりの空気の流れを感じ取れるように集中した。確かに意識すると魔力が体の表面に集まっている気がする。かすかに流れを感じるがそれと同時にひりひりと全身が腫れたような感覚に陥った。

「痛い!!」

俺は叫んで、集中するのをやめた。すぐに痛みは引いて元に戻った。

え、《感覚強化》って痛覚も強化されんの?

ドM御用達《ごようたし》かよ。

「痛覚はなし。触覚だけ。痛覚はなし……」

俺はそう唱えながらまた空気の流れを感じ取る。さっきよりはだいぶマシだが痛いものは痛い。

ちなみに聴覚でやってみたら、近くを馬車が走った瞬間、頭が揺れるような衝撃があってひっくり返った。しばらく音が聞こえなくなって、俺は鼓膜が破れたのかと思った。視覚はうまくいかなくて、普段より視界がぼんやりしてしまった。

何もうまくいかん!!

挫《くじ》けそうになってしゃがみ込んだ。痛いのに耐えるのは流石《さすが》に辛すぎる。

諦めるか……。

そこで、ふと、俺は父さんたちから逃げ切れなかったあの時のことを思い出した。痛みと苦しみに負けて、あの窓から外に出ることができなかった。

これは窓だ。

痛みを覚悟して、行動する。苦しみに負ければ待っているのは死だ。いままでと同じ、何もできない自分だけしか残らない。無力なままだ。まわりにいいように流されて、堕《お》ちていくだけだ。

幸福を願ったんだ。いままで手が届かなかった幸福がいまは手の届く場所にあるんだ。

俺は立ち上がって、再び集中した。

それから毎日俺は《感覚強化》の訓練を行った。

アリソンになにかいい方法はないかと聞いたが、

「私、痛覚まで強化されなかったし」

と言われてしまって落胆した。俺は多分まだ加減ができていないんだろう。

×　×　×

俺が冒険者になって一ヶ月が過ぎようとしていた。

金が貯《た》まったかというとそんなことはなかった。なぜか。無駄遣いをするからだ。

俺は自由に生きると決めたので、この一ヶ月色んなところに行っていた。とはいえ、「《身体強化》を使って走り続けて半日でエントアに戻ってこられる距離」という制限はあったし、北に大きな森があって、そこはCランク以上推奨だったのでその向こうにも行けなかった。

それでも行ける街はいくつかあったし、海に近づくからだろうか、売っている物も街によって違っていた。他の人にとってどうかは知らないが俺にとっては毎日が新しい発見だった。

で、珍しい物を食べたり、アリソンにお土産《みやげ》を買ったりしていたら金がなくなった。金銭感覚がおかしいのかもしれない。

冒険者としての仕事もレッドグリズリーのような大物はなかったが、細々とこなしていた。俺は《身体強化》で重い物も楽に運べるので、引っ越しや、荷物の運搬の仕事をアリソンたちとは別に一人で受けたりした。

初めて行ったときは、「ほっそいな、お前」と言われて眉をひそめられたが、実際に運べることを証明すると結構頼りにされて嬉《うれ》しかった。

結局、冒険者は実力主義なのだ。サーバントと契約できないとか、魔力中毒症だとかそういう悪条件があっても、実力を示せば認められる。

ある日、別の冒険者パーティに声をかけられた。

「なあ、あんた。荷物持ちとしてパーティに加わらないか？　いまよりずっと稼げるぞ」

パーティの中には荷物運びのときに一緒に仕事をした冒険者が数人混じっていた。彼らのリーダーはCランクだから、依頼としては上のものを受けられる。

いつの間に来ていたんだろう、アリソンが少し遠くから気まずそうに俺たちを見ていた。

「いや、いまのパーティがあるから、遠慮するよ」

俺が言うとリーダーの男は小さくため息を吐いた。

「魔力の少ないあの子だろ？　やめておいたほうが良い。お情けでパーティを組んだんだろうが、お前はお人好《ひとよ》しすぎる。実力のない人間と組むといつか被害を受けるぞ？　それにいつまで経《た》ってもランクが上がらない」

彼の言うことはもっともだけれど、アリソンは別に実力がないわけではない。現に一人でランクをEからDに上げている。ないのは魔力だけだ。それもいまは俺との「共生」で解決している。彼らは知らないけど。

「うまいことやってるんだよ俺たち。だから心配しなくていい」

リーダーは「そうかい」といって鼻から息を漏らした。

――わかってないな。

多分彼はそう思っているだろうけど、俺だって君にそう思っているよ。

彼らが行ってしまってしばらくしてからアリソンは近づいてきた。彼女はうつむきがちで俺の前に座った。コルネリアは彼女の隣に座ると頬杖《ほおづえ》をついた。

「まあ。そういう誘いも来るわな」

非難の目を向けるんじゃない。

「断ったところ見てただろ。心配しなくてもパーティは解消しない」

「でもニコラ、わかったでしょ？　私がどれだけここで認められていないか。まるで除《の》け者みたいでしょ？　いちゃいけないみたい。冒険者ランクも上がらないはずだよ。あの人が言った通り、私に魔力がなくて、弱いから……」

俺はため息を吐いた。アリソンに自信がないことは、ここ数日一緒に依頼を受けてよくわかっていた。

俺はコルネリアに尋ねた。

「もし、サーバント側から簡単に契約を切れて、別の人と契約できるとなったら、アリソンを捨てて新しい契約者のところに行くか？」

「いや、そんなことはしない」

「そいつがものすごく魔力を持っていて、強くても？」

「ああ」

「それは、アリソンに対してお情けがあるからでも、アリソンの強さに惹《ひ》かれたからでもないだろ？」

コルネリアは頷いたが、アリソンは少し唇を尖《とが》らせていた。

「それは……だって、昔から一緒にいたし……」

「俺は昔から一緒にいたカタリナに裏切られたからここにいるんだぞ。親にも弟にも捨てられた」

アリソンはそれを聞いて「ごめん」とつぶやいた。

「俺だってアリソンが強いからパーティを組んでるわけじゃない。もちろん情けでもない」

「……じゃあ、どうして？　出会った頃は、ニコラ、右も左もわからなかったから一緒にいるのもわかったけど、いまは一人でも色んなことできるでしょ？　別の人とパーティになってもし相手に裏切られても平気そうじゃん……」

平気なわけじゃないが、これだけ冒険してるからなんとかなるかもしれない。

「それに、もう魔力中毒症を心配する必要もない」

それもまあそうで、あれからかなりの時間が経ったが一度だって魔力中毒症は再発していない。やはり体内を魔力が循環しているから淀《よど》んでいないんだろうな。

じゃあ、どうしてパーティをまだ組んでいるの？　と聞かれるとちゃんとした理由が浮かばないが……。俺はここに来てからアリソンと過ごした時間を思い出した。で、思ったことを素直に言った。

「一緒にいて楽しいからかな」

俺が言うとコルネリアも頷いた。

アリソンは自分に自信がなくて、依頼が難しそうだと及び腰になるけど、絶対倒せるとわかるとすぐに調子に乗ったりした。ラバータートルの甲羅を突っついてたのがいい例だ。あまり油断されるのは困るが、彼女の行動は常識の範囲内だったし、反応が面白かった。

「なにそれ」アリソンはあまり納得できていないみたいだった。

「普通は優秀だからとか、強いからとか、頼りになるからパーティにいていいって言われるんじゃない？　優秀だから存在を認めてもらえる」

「優秀なことと存在を認められることは一緒じゃないだろ」

アリソンが少しだけ息を吸い込むのが聞こえた。

「ジェイソンはBランクで優秀かもしれないけど、俺、絶対一緒にパーティ組みたくないし」

「それは……、それは……」

アリソンは口ごもって、何かを考え込むように少しだけうつむいた。

「他の人はどうかわからない。ジェイソンは力こそがすべてみたいな感じだし。けど俺は『優秀じゃなきゃ存在を認めない』なんて考え方はしない。その点は信頼してくれていい」

俺はため息を吐いて、言った。

「それは嫌な家族とカタリナの考え方だからさ」

アリソンははっと俺を見ると、ぐっと両手に力を入れた。

彼女とかつての俺の境遇は似ているのかもしれないと、この時初めて思った。家族は『優秀じゃなきゃ存在を認めない』と考えていて、見下して、排斥しようとする。

アリソンはその中でもランクを上げようと努力していた。まわりから期待されなくても挫けずに続けていた。俺は改めて、アリソンを尊敬し大切な仲間だと思った。

相利共生で始めたパーティだったけれど、いまなら、利益じゃなく仲間として彼女のことを信頼できた。

「俺はアリソンのそばにいるよ。優秀さに関係なく、人としてそばにいたいと思うから」

アリソンは涙を堪《こら》えるように下唇を噛んで少しだけうつむいたあと、微笑《ほほえ》んだ。

「ありがとうニコラ、それからコルネリアも、これからもよろしくね」

彼女の笑顔にはどこか肩の荷が下りたような、そんな清々《すがすが》しさがあった。

アリソンはしばらく俺をじっと見て、ふと目をそらした。その頰は少しだけ赤くなっていた。

魔法の練習を一ヶ月くらいやってようやく痛みなく空気の流れを感知できるようになった。つまり外側に魔力を向ける準備ができたというわけ。いままでは皮膚の表面だけで、なんなら服があるところは空気の流れを感知できなかった。

そして次の段階、外側を探知する。ちょっと先、指の爪くらい離れたところを意識する。地面に生えていた草をちぎって投げ、手を伸ばしてギリギリを通っているのを探知しようとする。

もう少し！

もう少しでできそうだ!!

と、思って力むとすぐに痛覚が戻ってきて、痛みに呻《うめ》いてしゃがみ込んだ。

×××

更に一週間後、俺は《感覚強化》をある程度、形にした。草を舞わせて、手を伸ばすと触れていないのに近くを舞い落ちているのがわかるようになった。もちろん痛みはもうない。

聴覚や視覚の強化もだんだん使えるようになってきた。

聴覚は強化するとここから遠く離れた門番のあくびをする声が聞こえるようになったし、視覚は遠くのものがはっきりと見えるだけでなく、動体視力まで向上して、目の前で文字の書かれた紙を高速で振っても読めるようになった。

ともかく、外側に魔力がある感覚は完全に摑んだ。

「やるぞ！」

俺は手を伸ばした。

「水　水　水　水　水」俺は念じるように唱えてから、カッと目を見開いて、魔力を外側に流した。

先に言っておく。俺は力みすぎた。

ボワンとレッドグリズリーよりでかい大きさの水の塊が宙に出現した。

成功した!!

が!!

「やっちまった！」

気づいた時にはもう遅い。俺はびしょ濡れになるだけじゃなく、押し流されてゴロゴロと転がり泥まみれになった。

やっぱり俺はマッドモンキーのマットなのかもしれない。


そう話すとアリソンは涙を流して笑っていた。

「笑いすぎだよ」

「だって……あはは!!　……あはは!!」アリソンの笑いは収まらなかった。

「でもついにやったんだな」コルネリアは微笑んでそう言った。

そうだ、ついにやったんだ。

毎日毎日練習してきた。

思えばいままでこんな風に何かに本気で取り組んで、達成できたことなんてなかった。いつもベッドの上でうなされているか、本を読んでいるかだった。外に出ても振り向いてくれない家族を見たり、やる気のないカタリナと成果の上がらない練習をだらだらとしたりするだけだった。

俺は初めて、初めて何かを成し遂げたんだ。

じゅわりと、魔力とは違う温かさが胸に広がって、全身に鳥肌が立つ。

こんなに大きな達成感は初めてだった。


それから俺は毎日魔法の練習をしていた。水の球は作れるようになったが、攻撃できる形にしたい。まだまだこれでは不十分だ。

ボワンと宙に水の球を浮かべてウンウン唸っていると、突然後ろから声をかけられた。

「そこの者、何者じゃ？」

振り返ろうとした瞬間、俺の体は何かに押されたようにトンッと浮いて、水の球に突っ込んだ。

そのまま水の球ごと地面に落ちる。

おい、またびしょ濡れになっただろうが。

「何すんだ！」俺が体を起こすと空中に無数の透明なナイフが浮かんでいた。まるで氷柱《つらら》のように透き通って空間を湾曲している。ナイフの一つは俺の喉元近くを浮いていた。

ナイフはどう見ても魔法でできていた。操っているのは女性で、口元を布で隠していた。彼女はエメラルドの目で俺を睨みつけている。

そして、サーバントと見られる道具類は一切つけていなかった。

「何じゃこの膨大な魔力は。答えろ、おぬし、何人食った？」

それは抱いた女性の人数の話でしょうか？

それとも言葉通りの意味でしょうか。

どちらにせよ……。

「何の話をしてるかわからない！　俺は誰も食ってない!!」

「嘘《うそ》を吐くでない！　ならばどうしておぬしは魔法を使ってるんじゃ!!　サーバントもなしに!!」

ナイフが更に近づいてくる。俺は悲鳴を上げた。

「体の中にアニミウムが大量にあるんだ!!　だから魔力が循環しているだけだ!!」

ピタッとナイフが止まった。俺はビクビクしながら目を開けた。

「詳しく聞かせてもらおうかの」

ナイフの数が極端に減ったが、首元の一本は消えていなかった。

俺はいままでの出来事を話した。魔力中毒症から、アニミウムの大量摂取まで。女性はそれを聞き終えると眉間にシワを寄せて頷いた。

「なるほど。じゃから体内で魔力が循環しているというのだな」

納得したようで彼女はナイフをすべて消した。俺はようやく「ふう」と息を吐き出した。

「失礼なことをしたの。種族柄色々と警戒する必要があったんじゃ」

彼女はそう言いながら顔に巻いていた布を取った。尖った耳と美しい顔が露《あら》わになった。

「おぬし、名は？」

「ニコラ、だけど」

「妾《わらわ》はマヌエラ。エルフじゃ。失礼にも襲ってしまった詫《わ》びをしたい。いつもはどこにいるんじゃ？」

「冒険者ギルドだけど」

「では、七日以内に向かおう」

彼女はそう言って顔に布を巻くと行ってしまった。

俺はずぶ濡れのまま座り込んでいた。

「まずはこれをなんとかしてくれよ」

第四章 ✕ ドラゴンの卵を孵《かえ》そう

「ってことがあったんだ」と、アリソンに言うと彼女は驚いていた。

「エルフなんて会ったことない、けど確か、ものすごく偉いんじゃなかった？　王族とかそれに近い貴族とかに接するのと同じ扱いだったはずだよ？　ハーフエルフは時々見るけど」

「へえ、そうなんだ。いきなり攻撃してきたから敬意なんて払ってられなかった」

「じゃあ、いま領主のところにいるってこと？」

「そういうことになるね」

「何しに来たんだろ？」

俺は首をすくめた。さあ、さっぱり。

その日俺たちはまた、Dランクの依頼を受けて軽々と達成した。アリソンたちは徐々に水の属性を使いこなし始めていたし、それに水と雷の混合魔法についても色々と考えているようだった。俺はといえばまだ水の球しか出せないので彼女たちを尊敬しつつ一緒について回っていた。

で、依頼を終えて戻ってくると、何やらギルド内が騒がしかった。

「なんだろうね」アリソンは受付に紙を渡しながらそう言った。

受付の女性は依頼達成の紙に書いてあった俺の名前を見るとはっと顔を上げた。

「あなたがニコラさんですか？」

「そうですけど」

「少々お待ちを」女性はすぐに一つの部屋に入っていった。

「ニコラ、何かやったのか？」コルネリアが怪訝《けげん》な顔をしている。

「何もやってない」

しばらく待っていると、突然ざわつきが大きくなった。チラと見ると、その理由がよくわかった。

きちんとした身なりの男がマヌエラを連れて出てきた。マヌエラは顔に巻いていた布を外してい
て、美しい顔がさらけ出されていた。羽織っている灰色の服には細かな刺繍《ししゅう》が施されていて、今朝
とは違った少し圧倒されるような印象を受けた。

「あれ、ギルドマスターだよ」アリソンが男の方を見て言った。ここに来てもうすぐ二ヶ月だけど
初めて見た。

マヌエラは俺のそばまで近づいてくるとにっこり笑った。

「ニコラ、今日会うのは二度目じゃの。仕事を頼みたいんじゃが」

俺はむっとして眉をひそめた。

「その前に朝の詫《わ》びがまだだ。殺されかけたんだぞ」殺そうとした上に、びしょ濡《ぬ》れのまま放置し
やがって。王族に近い身分だろうが、敬語を使う気にはなれなかった。第一印象は大切だ。

俺がそう言うとギルドマスターやまわりにいた冒険者たちの顔が青ざめた。

「おまっ、マヌエラ様になんてことを!!」ギルドマスターは慌てていたが、マヌエラは彼を制した。

「よい。頼み事をしているのはこっちじゃ。少し話がしたいのじゃがよいかの？」

俺が悩んでいるとギルドマスターが言った。

「アリソン。君にも少し関係する話だ」

「私ですか？」アリソンはぎょっとして言った。

なんだろう、面倒事は嫌なんだけど。

「話聞くよ」もやもやするのも嫌だ。

俺たちはギルドの一室に通された。十人くらいが会議をできる広さの部屋で長い机が置かれていた。俺とアリソン、コルネリアが隣同士に座り、向かいにマヌエラとギルドマスターが座った。

部屋の隅には二人の騎士が立っていて、机の上には布で包まれた俺の頭くらいの大きさがある丸い石のような物が置いてあった。

「それで話っていうのは？」

俺が尋ねるとギルドマスターが口を開いた。

「先日ラバータートルの討伐依頼を受けただろ？　その村にグリフォンがいたのを君たちは知ってるか？　アリソンはよく知っているだろう」

「……知ってます」アリソンは顔をしかめた。

ジェイソンが追い払ったと言っていたあのグリフォンか。

「ジェイソンのパーティが実力を示すために、一年前勝手に襲ったあのグリフォンだ。それでジェイソンたちは降格になり、大量の雑用をやらされたが、Bランクに戻って懲りずにまた迷惑をかけてるようだな。そろそろ手を打つ必要がある」ギルドマスターはため息を吐《つ》いた。

「それで、そのグリフォンがどうしたんです？」俺が尋ねるとマヌエラが答えた。

「グリフォンはそのとき怪我をして棲家《すみか》でじっと動かずにいたようじゃな。そこにドラゴンが現れた」

確かに村長がそんなことを言ってたな。

「ドラゴンは自分の卵をグリフォンに渡した。ドラゴン本人に会った時にそう言っておった。いわゆる托卵《たくらん》じゃな。その卵があれじゃ」

マヌエラは机に置かれていた石を指差した。あれ卵だったのか。というかドラゴンに知り合いがいるのか、このエルフ。

ドラゴンが托卵するのは知っていた。確か、魔力の強い魔物に托卵することで、卵のうちに魔物から魔力を吸収させ、より強い種に成長させるため、だったはず。水属性の魔物に托卵すれば水の、火属性の魔物に托卵すれば火の属性を手に入れられる。

マヌエラは続けた。

「托卵は普通、された側にはメリットがないんじゃが、ドラゴンは違う。卵は魔力を吸い取るが、代わりに傷を癒やす効果があるのじゃ。まあ、卵を捨てられないための工夫じゃな」

「だからグリフォンに卵を……。おもしろい」アリソンは頷《うなず》いた。

「幸いグリフォンの傷は治ったようじゃ。だが、卵を抱え続けていると魔力が相当減ってしまう。一年もちびちびと魔力を吸われ続けておるからな。いまは巣の周辺くらいなら行動できるみたいじゃが、だいぶ衰弱しておる。そこで妾《わらわ》が、ドラゴンから『代わりに魔力を与えといてくんね？』と頼まれたのでわざわざここに来たんじゃ。見返りもたんまりもらったしの」

ふっふっふとマヌエラは笑った。

「そこで本題じゃ。妾とともに卵に魔力を与えてくれんかの、ニコラ」

俺は首をかしげた。

「なんで俺なの？　もっと他に魔力が多い人とかいるでしょ？」

「そうですよ。どうして人間のニコラに頼むんです？」ギルドマスターも俺と同じ意見みたいだった。

マヌエラは俺とギルドマスターを見比べた。

「おぬしら、知らんのか？　ニコラの魔力は妾よりも数倍多いぞ。はっきり言って異常値じゃ。いままで人間として生きてこられたのが不思議なくらいに」

「そんなに……」ギルドマスターは唖然《あぜん》とした。

「元々七日間全力で卵に魔力を与えるつもりじゃったが、おぬしが魔力を与えればもっと早く孵化《ふか》するじゃろう」

俺は腕を組んだ。

「報酬は？　いまの俺には金がない。魔力を与えて寝込むようなことになったら困るんだけど」

「そうじゃのう」マヌエラはそう言って、人差し指で空中に円を描いた。円の中が一瞬で真っ黒になった。マヌエラはその黒い空間に腕を突っ込んでガサゴソとやった。

「これは違う。ええと、……ああ、あったこれじゃ」マヌエラは円から腕を引っこ抜いた。手に持っていたのは革の袋だった。

「なにこれ」

「魔道具じゃ、魔道具。魔力を流せば使えるようになる、いくらでも物が入る袋じゃ。生き物は入らんから、誘拐とかはできんぞ。といっても使うにはバカでかい魔力量が必要なんじゃがな。普通の人間には無理じゃ。おぬしなら簡単に使えるじゃろうが。魔力は流せるじゃろ？」

「まあ、流せるけど」俺は革の袋を持ち上げた。ちっちゃいな。ほんとにいくらでも物が入るのか？

と、俺が怪訝な顔をしていると、ギルドマスターがふるえていた。

「そ、……そんなものを渡して良いのですか!?　いったいいくらするのか……」

「いい。妾には魔法があるしの」

「その魔法を俺に教えてよ」俺が言うとマヌエラは笑った。

「水の球しか作れない奴が何を言っとるんじゃ。それにこれを使うには他の属性も使えなければだめじゃ。おぬし、水の属性しか持っておらんじゃろ」

なんだよ。つまんない。

「中に何か入っていたように思うが、どうせもう百年以上使っておらんのじゃ。それもやる」

百年っつったか？　こいついま何歳だ？

袋はまあ確かに便利そうだった。いままでだって、大きなものなら一人で運べたけれど、小さなものをたくさんとなると運ぶのが面倒だったし。

俺が仕事について了承すると、マヌエラは微笑《ほほえ》んだ。

「よし、じゃあ早速やるかの」そう言って彼女は立ち上がってドラゴンの卵を抱いた。

アリソンとそこで別れた俺は、マヌエラとギルドマスターに連れられて、この街一番の宿泊施設にやってきた。部屋の広さは俺が借りているところの四倍くらいは普通にあったし、椅子やらテーブルやらの調度品も高価そうだった。少なくとも冒険者が借りられる宿ではない。もう貴族でもないのにこんな場所に来るなんて分不相応で、ただただ居心地が悪かった。

ギルドマスターが出ていくと、部屋には俺とマヌエラだけになった。彼女は卵をベッドに置くと、俺に手招きした。

「こっちに来て一緒に魔力を送るんじゃ」

なんでベッドなんだ。

卵は鱗《うろこ》のような表面でゴツゴツしていた。これに本当に回復の効果があるんだろうか。武器のようにしか見えなかった。

「それを外すんじゃ」マヌエラは俺のブレスレットを指差した。「無駄に魔力が消費されてしまう」

マヌエラは卵に触り、ゴロンとベッドに横になった。

俺はブレスレットを外すと同じように卵に触れた。

ぐん、と引っ張られるような感覚がある。体の中から何か熱いものが引き抜かれるような感覚だ。

「横になっていたほうがいいぞ。こいつは際限なく魔力を持っていくからの」

いままで感じたことがないくらいぐんぐん魔力が減っている気がする。俺が横たわるとマヌエラが腕を伸ばしてきた。

「何すんだ」

「寒いんじゃ。こいつ思った以上に魔力を吸い取りおる」マヌエラはふるえている。

俺が身を寄せると、彼女はぐいと俺の服を引っ張って抱きしめた。卵を腹で挟んで温めているようなそんな感じだ。

「ううう」とマヌエラが唸《うな》るので仕方なく俺は毛布を引っ張ってかけた。

「おぬし、寒くないのか？」

「少しだけ寒いけど」

「頼もしいの。もし妾が一人じゃったら大変なことになっておったわ」

マヌエラは更に身を寄せた。彼女の体は氷のように冷たくなっていて俺は焦った。

「おい、大丈夫か!?」

「いや、大丈夫じゃない」彼女はふっと意識を失った。

え、死んだ？

俺は慌てて卵を彼女から離した。その瞬間、更に勢いよく卵が魔力を吸い出した。

寒《さ》っむ。ただ、耐えられないほどじゃない。

マヌエラは小さく呼吸を繰り返していた。

ああ、死んでなかった。

これじゃあほとんど俺が魔力を送ってるようなものじゃないか。絶対追加で報酬をもらうぞと思いながら、俺はそのまま卵を抱えて、いつの間にか眠ってしまっていた。

「おい！　おい、ニコラ！」

体を揺さぶられて俺は目を覚ました。

「おお、良かった。もう目を覚まさないんじゃないかと思ったわ」マヌエラはほっと息を吐き出した。

朝になっていた。まだ少し寒かったが、眠る前ほどではない。

「結局おぬしに任せきりになってしまったな。礼を言う」

「報酬をはずんでくれ」俺が言うとマヌエラは苦笑した。

「わかったわかった。それより……」マヌエラは俺が抱えていた卵を指差した。コツコツと振動している。

徐々に振動が大きくなり、ついに卵にヒビが入った。バリッと割れると中から真っ黒なドラゴンが現れて口を開けた。俺を見上げてあくびをする。俺の手に首を伸ばすと頬《ほお》ずりを始めた。

何だこいつ可愛《かわい》いな。

「無事生まれたようじゃな。しかし、一日で生まれるとは」マヌエラは腕を組んでそう言った。

ドラゴンが俺にくっついて離れないのでマヌエラが報告に行くと、ギルドマスターが食料を持って飛んできた。ドラゴンは腹が減っていたのか食料に飛びつくとガツガツと食べ始めた。

ギルドマスターは恍惚《こうこつ》とした顔でドラゴンを見ていた。

「おお、なんと神々しい」彼は手を伸ばそうとしたがすぐに引っ込めた。ドラゴンが気づいて威嚇

したからだ。

ドラゴンは食べ終えて満腹になったのか、パタパタと飛行して俺の膝まで戻ってきた。というかもう飛べるのか。ドラゴンすごいな。

ギルドマスターが羨望の眼差《まなざ》しを俺に送ってくる。

「妾も頑張ったんじゃぞ。懐いてくれてもよかろうに」マヌエラはそう言って手を伸ばした。ドラゴンは一瞬首を上げたが、まあいいかとでも言うようにマヌエラになでられた。

「おぬしが名前を付けるといい」

「俺？」

そもそもオスかメスかもわからない。聞いてみたがマヌエラもわからないみたいだ。

俺はちょっと考えてから言った。

「じゃあ、ウィンターで」寒かったから。

「……まあええじゃろ」マヌエラは苦笑した。

「ウィンターだぞ、お前」なでてやると、ウィンターは嬉《うれ》しそうに目をつぶった。


事の次第を説明するとアリソンは仏頂面をした。

「なんで怒ってんの？」

「怒ってない」アリソンは口を尖《とが》らせた。マヌエラとベッドをともにしたことが気に食わないのだろうか。何もしていないぞ。子供はできたけど。

あのあと、ウィンターはマヌエラに引き取られた。引き剝がされる時「きいきい」と鳴いてウィンターは俺にすがりついた。可愛い奴《やつ》め。どうやら一度、親のドラゴンに会わせに行くらしい。それがドラゴンからの依頼だとも言っていた。

マヌエラからの追加報酬は後日会った時に渡すということで、とりあえずはもらった革の袋で遊んでみることにした。

何か入っているという話だけどそもそも使い方がわからない。

不機嫌なアリソンと一緒に出た依頼先で魔物を倒すと、俺は革の袋を手に取った。

ええと、魔力を流せばいいんだっけ？

試しに持つ手に魔力を集めると、袋がぐんと大きくなった。開いて中を覗《のぞ》いてみる。

……真っ暗だな。マヌエラが使った魔法みたいに中が全く見えなかった。

何が入ってるんだ？　と考えた瞬間、頭の中にイメージが浮かんできた。多分これは中に入ってるものの一覧だろう。随分便利な作りになっている。

本が……五十冊以上ある。百年使ってないと言っていたから随分古い情報が載ってそうだ。それから……お金が大量に。と思って出してみたら見たことがない金貨だった。使えないじゃん。

アリソンに尋ねたが彼女も見たことがないらしい。まあ、百年前の金貨だからね。

というか、アリソンはまだ少し機嫌が悪かった。

俺は本を一冊出してアリソンに見せてみた。なんか魔物についての本みたいだけど詳しい内容までわからない。食いつくかな。

「なにそれ」食いついた。

「ええと……、読みづらいな……」

俺がそう言うとアリソンは顔を近づけて本の内容を見た。

「『魔物との契約、テイミングについて』？」

アリソンは半ば俺から本を奪うように取るとパラパラと捲《めく》り始めた。昔の言語なのか読みづらいのによくそんなパラパラ読めるね。

固まったように一つのページをしばらく読むと、突然バフと本を閉じた。

「ねえ、これ借りていい!?」アリソンは今日イチの笑顔でそう尋ねた。

俺は驚いて頷いた。何かを見つけたらしい。

その日の帰り道、アリソンは上機嫌だったが何を見つけたのかは一切話してくれなかった。


明くる日、アリソンが「昨日の本をじっくりと読みたい」というので俺は一人だった。

じゃあ、魔法の練習をするしかない。

革の袋には他にも剣が入っていたりしたが、どうせまだ剣術は使えないのだ。放置した。

本の中には魔法に関するものもあるようだったが五十冊近い本のうち半分くらいは読めない文字で、後の半分は古い言葉で書かれていて読めるけど意味がわからない。アリソンはよく読めたなと思う。

かろうじて一冊だけ『やさしい魔法』とかいう本が紛れ込んでいてそれは読むことができた。ただ、第一章一節が「二つの属性を混ぜよう」という題になっていて初っ端《しょぱな》から人外仕様だった。ふざけんな。可愛い人型のイラストが描いてあったがその全部の耳が尖っていた。

「《闘気》をまとって怪我をしないようにしよう」という項目が付録にあったが、「皆はできると思うけど」という煽《あお》りの言葉が入っていてぶん投げそうになった。

イライラしながら読み進める。《闘気》というのは結局、《身体強化》を体の外部で行うというだけらしい。

本を地面に置いて立ち上がり実践してみる。体の外側に魔力を持ってくることはできるのでそこで《身体強化》をやってみる。

……うまくいかない。というのも、「強化される場所」を作ることはできるのだけど、体を動かすとその魔力がついてこずその場に留《とど》まってしまう。要するに、《闘気》を「体にまとう」ということができない。

どうしようか悩んでいると門番の姿が目に入った。彼らは鎧《よろい》を着込んでいる。

ああ、そうか。鎧だと思えばいいんだ。

さっきまではまるで水の球を作るときのように、外側に魔力を集めて使い、それを体にまとうという二段階のイメージだった。そうじゃない。

《闘気》という鎧を着込むイメージをしてみた。肌の少し外側に魔力をまとって強化する。

ブブブと体のまわりに何かがまとわりついて、水の中に手を入れたときのように形が歪《ゆが》んで見える。

おお、できた。体を動かしてもちゃんとついてくる。これで本物の鎧のように、いや、鎧以上に衝撃を吸収してくれればいいのだけど。

こうなったらジャンプを試してみるしかあるまい。

俺は《闘気》をまとった状態で、更に《身体強化》をした。二重に考えなければならず、なかなか難しい。安定してきたところで踏ん張って、地面を蹴った。

ぐん、と体中に重力がかかったような感覚があって、俺の体ははるか高く跳び上がった。どのくらいかというと、街を囲っている壁の上ぐらいまで。壁の上にいた騎士がぎょっとしてこちらを見ている。

これは絶対跳びすぎだ。

俺の体は降下し始める。内臓が浮く感覚があって背筋が凍る。

死ぬ死ぬ!!

全力で《闘気》を体にまとった。地面が近づく。目を閉じる。

衝撃……はほとんどなかった。ただ、少しだけ地面が抉《えぐ》れた。

おお。ちゃんと使えてるっぽい。

これで剣も防ぐことができるはずだ。試さないけど。

残るは水の属性の攻撃魔法だがどうもまだうまくいかない。剣の形を思い浮かべて形作っても、別に持てるわけでもない。ただそういう形をした水が浮かんでるだけ。飛ばしてみたが、攻撃力は全くなさそうだった。

ウンウン唸ってるとコルネリアがやってきた。アリソンはまだ本を読んでいて暇だからやってきたようだ。

「全然、盾とか剣とか、攻撃魔法として使えないんだけど」

俺が言うと、コルネリアはああ、と頷いた。

「そりゃそうだ。だってニコラはサーバントじゃないだろ？　つまり、元々道具じゃない」

俺が首をかしげると彼女は続けた。

「つまりな、私たちは自分の元々の道具の形をイメージしてそれを模して魔法を使ってるんだ。いわば分身を作ってるイメージだな。私の場合は元々剣で、その素材を使って盾を作ってるから両方できるが」

「分身……」となると俺の場合は……、「俺の分身を作り出せばいいのか？　人型の」

「あ、そうなるのか……」コルネリアは腕を組んだ。「どうだろうな。でもそれは武器じゃないだろ」

それはそうだ。

ああ、マヌエラにやり方を教わっておけばよかった。あのエルフ、ナイフとか普通に作って攻撃してきたからなあ。本に何かヒントはないかと思ったけれど読めないんだった。

× × ×

一週間後、アリソンは目の下にクマを作って現れた。彼女は本を読み終えたようだが、まだ足りないみたいだった。

「他にテイミングの本はないの？」彼女は開口一番そう聞いた。

　俺は袋に魔力を込めて探したが、見つからなかった。アリソンに見せながら次々本を出してみたけど読めないものは読めないらしい。


　今日の依頼はグリフォンの様子を見て、餌を近くに置くことだった。グリフォンは俺たちを見ると一瞬警戒したがすぐにそれを解いて、餌をガツガツと食べ始めた。まだ衰弱しているが、ドラゴンの卵が離れたからだろう、少しは体力を取り戻しているようだった。

　巣にいる間も離れたあともアリソンは何かをものすごく悩んでいるようだった。

「何をそんなに悩んでるの？」

　俺が尋ねるとアリソンは顔を上げた。

「本でね、ある記述を見つけたの。魔物をテイムすると、魔力を共有できるんだって。つまり、魔力が大きい魔物と契約できれば、私は魔力の問題を解決できる」

　俺は眉間にしわを寄せた。

「え？　俺がいるじゃん。魔力の問題は解決したでしょ？」

「そうだけど……いまのままじゃだめなの。ニコラはどんどん進んでいっちゃう。エルフに頼られるくらいにね。でも私はずっと同じ場所に留まってる」

「優秀さに関係なくそばにいていいって話したじゃん」俺は眉根を寄せてそう言った。

「そうじゃないの。そうじゃなくて」

アリソンは逡巡《しゅんじゅん》してふっと息を吐いた。

「私はいままで認められたくて強さを求めてた。でもニコラは強さに関係なく、私がそばにいていいって言ってくれた。もう私にとって強さは存在理由じゃない。だからね、魔力の問題を解決したいのは存在のためじゃないの」

「じゃあ、なんのために？」

「一つはニコラが魔法を練習しているのと同じ理由。私は私ができることをもっと突き詰めたい。ニコラがどんどん魔法を使えるようになるのを見てそう思ったの。いまのままじゃ魔法の練習をするたびにニコラを拘束することになる」

俺は少し安心した。前のアリソンに戻ったわけじゃなかったんだ。彼女は誰かに認められるために努力することから解放された。いままで人に向けていた努力を自分に向けて考えてるんだ。

俺は頷いて先を促した。

「もう一つは？」

「それは……」

アリソンは俺をじっとみて、言った。

「このままじゃ、『ニコラのそばにいる自分』に嫌気が差す日がきっと来ると思ったの。ニコラは私がそばにいていいって言ってくれた。きっとこの先もそう言ってくれる、と思う」

俺は頷いた。どうして断る必要がある。

「でもニコラはどんどん先に進んでる。きっと私たちの実力差はどんどん開いていく。私はね、ニコラに認めてもらえなくなる日が来るのが怖いんじゃない。私が私を認められなくなる日が来るのが怖いの。ニコラは共生関係になろうって言った。知ってる？　共生にはいくつか種類があるんだよ。寄生もその一つ。私はきっとこのままじゃニコラに甘えて寄生して生きることになる。そんなのいや」

俺はやっと、アリソンの考えが理解できた。俺はアリソンのことなど全く考えずに、ガンガン魔法の練習をしていた。それは悪いことじゃない。というか、きっとアリソンに合わせて俺が魔法の練習をサボったら、彼女はそれを嫌がるだろう。

ただ、いまのままではアリソンの魔法の練習には限界がある。俺はいつも彼女のそばにいるわけじゃないから。彼女の言う通りだ。差はどんどん開いていく。それは必然なのかもしれない。

アリソンはその必然を受け入れたくなかった。

「私は……それでも、ニコラのそばを離れたくない……だって私……」

彼女は潤んだ目でまっすぐ俺を見上げ、それから、そらした。

その時だった。

「あれ、アリソン。こんなところで何をしてるんだ？」見るとそこにはジェイソンたちのパーティが立っていた。ジェイソンはクスクスと笑った。

「まだそんな奴と一緒にパーティを組んでいたのか？」

「兄さん……こんなところに何しに来たの？」

この辺りの依頼はDランク以下のはずだった。

ジェイソンは笑ってグリフォンの巣を見た。グリフォンは立ち上がってこちらの様子を見ている。

「リベンジをしに来たんだ。グリフォンを倒すんだよ。お前みたいな出来損ないには到底できないような偉業をなすんだ」

「また、そんなことを……」アリソンは歯を食いしばった。

「さあ、そこをどくんだ」ジェイソンはアリソンに肩をぶつけて先に進んだ。グリフォンの威嚇する声が聞こえる。

アリソンは振り返って駆け出した。

「アリソン！」俺は彼女を追いかける。

アリソンはグリフォンの前に立ちはだかった。ジェイソンは驚いた顔をしている。

「なんだ、邪魔するの？」

「ええ、もちろん」

ジェイソンは笑った。

「いいの？　僕は容赦なく出来損ないのお前を斬るよ」

「知ってる」アリソンはジェイソンを睨《にら》んだ。「私が出来損ないだってこともよくわかってる」

コルネリアが盾になってアリソンの手にひっついた。

「私はまだ、一人で兄さんを超えることができない。それがただ悔しい」アリソンは俺を見た。

俺はブレスレットを外して地面に落とすと、アリソンに触れた。

「二人でも超えられないだろ」ジェイソンは笑って、ユリアを盾にして腕につけ、剣を抜いた。

《雷撃剣》」ジェイソンはそう唱える。彼の剣が電気を帯びる。彼の後ろでパーティメンバーがあくびをしている。

アリソンは剣も抜かずに言った。

「……《流水剣》」

宙に巨大な水でできた剣が浮かぶ。雷の要素は微塵《みじん》もない。アリソンたちは完全に属性を使い分けることに成功していた。

ジェイソンは固まって、唖然としていた。

「どうして？　…………なんで、水の属性が？　それに、なんだこの大きさは!!　お前……魔力が少なかったはずだろ!?」

ジェイソンの後ろにいたパーティメンバーもぎょっとしている。

アリソンは手を振った。水の剣がグンと飛んでいき、ジェイソンたちの目の前に突き刺さる。波のように水が溢《あふ》れ、ジェイソンたちは呑《の》まれてしまう。

ジェイソンはまだ《雷撃剣》を手に持っていて、水に呑まれて感電する。

「ガアアアアアアア!!」

彼らの叫びが一瞬聞こえて消える。パーティメンバーたちは気絶してしまったようでピクピクとしか動かない。ジェイソンは雷に少し耐性があるのか、かろうじてまだ意識があり、剣を杖《つえ》のようにして立ち上がった。

「クソ……、クソお！　どうなってる⁉　どうしてお前がああ‼」

ジェイソンは叫んでまた「《雷撃剣》」と叫んだが、それは出なかった。

「ユリア‼」ジェイソンは盾に向かって叫んだ。

「ずぶ濡れのいま、雷を使えばどうなるかわかるでしょう⁉」ユリアはそう言った。

「クッソお‼」ジェイソンは地面を蹴った。「認めない‼　絶対に認めないからな‼」

「わかってる。認めてもらう必要はない。認められたくてやったわけじゃないから」

ジェイソンはアリソンをぎっと睨んだ。

アリソンは言った。

「私は兄さんとは違う。もう認めてもらうために生きてるわけじゃない。いつまでも父さんに縛られてる兄さんとは違うの」

ジェイソンは歯を食いしばって、吐き捨てるように「クソ！」とつぶやいた。

パーティメンバーが徐々に目を覚まして立ち上がる。彼らはふらふらとその場を立ち去った。

アリソンが倒れそうになり俺は体を支えた。

「ああ、ごめん。少し力が抜けただけ」アリソンはそう言って笑った。

いつの間にかグリフォンが近づいてきていて、アリソンの腹に鼻をこすりつけた。アリソンは少し驚いてからグリフォンの頭をなでた。

『ありがとう』

頭の中に声が響いて俺はビクッと体をふるわせた。それはアリソンも同じで俺と顔を見合わせた。

「ニコラ、いま何か言った？」

俺は首を横に振った。

『私よ、私』

グリフォンが顔を上げて俺たちをじっと見ていた。

「念話《テレパシー》なんて使えるんだ……」アリソンはそうつぶやいた。

『ええ。人間にはめったに使わないけれどね。ともかく助けてくれてありがとう。あの男は一年前にも私を襲って大けがさせたから……』グリフォンはアリソンを見た。『初めてあなたと会った時、あの男の仲間かと思って警戒したわ』

アリソンは苦笑した。

「あれは私の兄なの。あまりそう思いたくないけど」

『ええ。そうでしょうね』グリフォンはくちばしを開閉させた。笑ってるんだろうか。

『あの後ドラゴンの卵を抱えて傷は癒えたけれど、魔力が足りなくなって大変だったわ。一年も衰弱したまま過ごしたの』

アリソンは俺を見た。

「卵なら俺が孵したよ」

グリフォンは驚いたように俺を見た。

『あれを孵したの!?　エルフが持っていったけど……』

「手伝えって言われて」

『魔力が多いとは感じていたけれどそこまでとは思わなかったわ』

グリフォンはアリソンを見た。

『何かお礼がしたいのだけど、私にしてほしいことはある？　できることならするつもりよ』

アリソンが考え込んでしまったので、俺は彼女に耳打ちをした。

「テイムさせてくれって聞いてみたら？」

「そんなことできるわけないじゃん」アリソンが眉をひそめる。

グリフォンは残念そうに言った。

『テイムは厳しいわね。もう私も歳《とし》だし。あと五十歳若ければ受けたけれど……。あなた、魔物をテイムしたいの？』

「ええ。私魔力が少ないから。魔力の多い魔物と契約したいの。ただ本を読んでも詳しいやり方がわからないし、それにどんな魔物がいいのかもわからない」

グリフォンは少し考えてから言った。

『当てがないわけじゃないわ。ただ、少し大変かもしれないけれど』

「本当!?」アリソンはグリフォンに顔を近づけた。

『ええ。ノルデアという島にテイマーがいたはずよ。その人に教わるといいわ。私の体力が戻ったらお礼にそこまで飛んで連れていってあげるけど……』

グリフォンは俺を見た。

『私が乗せられるのは一人までよ。サーバントはいいとして、あなたは無理ね』

アリソンは俺を見てから言った。

「一人しか無理？　途中まで馬車とか船で行くとか……」

『無理ね。だって、ノルデアは宙に浮いてるんだもの。そこまで人を運んで飛べる魔物はそう多くないわ。私も何度も往復なんてしたくないし』

アリソンは唸った。

『どちらにせよ私の回復を待たなければいけないわ。少し考えることね』

アリソンは頷いた。

帰りの馬車でアリソンはずっと黙って外ばかり見ていた。俺は声をかけようとしたがコルネリアに制止された。

ギルドに戻ると、ギルドマスターが俺たちのところにやってきた。

「やあ、お疲れ様。ジェイソンたちと一悶着《ひともんちゃく》あったみたいだね」

「どうして知ってるんです？」俺が聞くと彼は苦笑した。

「ジェイソンが自分で言ってきたんだよ。『アリソンに負けたからギルドを出ていく』とさ。詳しい話は聞いていないが何があったんだ？」

俺は事の一部始終を話した。アリソンはずっと黙っていたけれど。

「そうか、グリフォンが……。それは助かった。ありがとう」

ギルドマスターは感謝して依頼の報酬を俺たちに渡した。

翌日、俺はいつものように魔法の練習をしていた。

属性魔法を次の段階へどうやって進めたらいいか全くわからない。俺は水の球をふわふわと浮かせてなんとか剣を形作ったが、まるで粘土でもこねているかのようにグニャグニャと歪んで攻撃なんてできそうにない。

そういえばジェイソンはサーバントではない普通の剣に雷をまとわせていたな。ライリーは剣の姿をしたナディアにまとわせたりしていたけど。

サーバントじゃなくてもいいのか？

俺は革の袋を取り出して中身を確認した。いつもの鉄の剣でもいいんだけど、なんかもっといいやつがないかと思った。魔力の伝導がいい剣とかないんだろうか。

剣が何本か入っていたはずだが、まだ確認はしていない。

一本一本取り出して地面に並べる。

一本目は真っ黒な鞘《さや》に真っ黒な剣身で、太陽の光で黒光りしている。

二本目は一見普通だが、剣身の真ん中、フラーと呼ばれる部分に赤く透明な硬いものが埋め込まれている。

三本目はナイフといったほうがいいくらい短い剣で、戦闘用と言うより観賞用だ。

他にも五本ほど剣があったが普通のやつが一本もない。かろうじて一本目の真っ黒なやつが使えそうだ。黒いけど。

他の剣をしまうと真っ黒な剣を抜いた。ずっしりとした重量感があるが、《身体強化》をすればなんてことはない。ライリーの剣術を遠くから眺めていたけれど、実際に剣を振ったことはないのでどうすればいいのかよくわからない。俺は適当に剣を振ってみた。

わからん。

まあいまは剣術は重要ではないのだ。

俺は黒い剣に水をまとわせる前段階として、魔力をまとわせてみた。その瞬間、ボワンと黒く禍々《まがまが》しい色をした靄《もや》が剣を覆って俺は驚いて魔力を止めた。

え、何いまのやつ。怖《こ》っわ。

水でも雷でもない見たことのないオーラみたいなものだった。何か不安になるようなそんな雰囲気があった。もう一度怖いもの見たさで魔力を流してみると、やっぱり黒い靄が現れた。

だめだこれは。怖すぎる。俺は黒い剣をしまった。

次に取り出したのは赤く透明な硬いものが埋め込まれた剣だった。これなら大丈夫だろうと思って魔力を流したら、燃えた。

「熱《あ》っつ!!」慌てて剣を落とすと地面が燃えた。

「やばい!!」

でかい水の球を出して剣にかけた。じゅじゅじゅじゅと音を出して炎は消え、俺はびしょ濡れになった。またかよ。

剣を拾い上げ、ちびちびと魔力を流して小さな火を作り、体を乾かした。

と、そこにコルネリアがやってきた。

「あれ、アリソンは？」

「いま頃寝てるよ。夜は考え込んで眠れなかったらしい」

「そうか」

「それより何だそれ。火の属性まで持ってたのか？」コルネリアは俺が持っている剣を指差した。

「違うよ。これ多分魔道具だ。魔力を流すと勝手に火がつく」さっきの黒いやつもそうなのかもしれない。禍々しすぎるけど。

「ふうん」コルネリアはそう言ってじっと剣を見た。

「サーバントにも魔道具みたいな効果をつければ、属性持ちになれるのかな？　人間とサーバント別々の属性を持てばいまの俺とアリソンみたいなことができそうだけど」

コルネリアは首を横に振った。

「いや。多分無理だろうな。その剣で水の球は出せないだろ？　全部の魔力を火に変えてしまってるんじゃないか？」

俺は試しにやってみたが確かに火しか出なかった。

「革の袋を使うときに『空間を広げてたくさんの物が入れられるようにして……』なんて考えないだろ？　考えなくても使えるということは、考えてもその機能を変えられないということだ」

コルネリアの言葉に俺は納得した。

「もしサーバントに魔道具みたいな効果をつけたら、魔法が一つしか使えなくなりそうだな」

「ああ。いまのアリソンとニコラみたいに柔軟に二つの属性を掛け合わせるということはできない。そういう意味では、いまの二人はかなり貴重な関係性なんだよ」

コルネリアは俺をじっと見た。

「何？」

「ニコラはどう思ってるんだ？　アリソンについて」

「応援したいと思ってるよ」

コルネリアは「だあ」とため息を吐いた。

「ちげえよ。そうじゃない。アリソン自身についてだよ。この前がっつり抱きしめ合っただろうが」

それはコルネリアがそうしてくれと言ったからだが？

でもあの感じはすごくすごく心地よかった。

アリソン自身についてどう思ってるか？

そりゃあ、

「大切な人だよ。安心してそばにいられる人だ」

コルネリアは腕を組んだ。

「あの子を悲しませないと誓えるか？　裏切らないと」

何の話をしているのか読めてきた。

アリソンがしばらく離れている間に新しいパーティメンバーとうまくいくのが嫌なんだな。前も他のパーティに誘われた時心配そうな顔をしてたもんな。

俺はコルネリアに頷いた。

「うん。絶対に裏切らない。アリソンが戻ってきてもちゃんとそばにいるよ」

コルネリアは満足そうに微笑んだ。

彼女が戻っていったあと、腰にぶら下げていた普通の剣を抜いた。

魔法の練習をするのに魔道具じゃあ意味がない。

剣に魔力をまとわせ、水の属性を付けてみる。ぼわんと剣に水がまとわり付いた。

……スライムを突き刺したあとの剣みたいだ。

俺は剣を振ってみたが、水がばしゃばしゃ撥《は》ねるだけでライリーがやっていたように斬撃を飛ばすことができない。《身体強化》をして思いっきり振っても、飛ぶのは水滴だけで、斬撃ではない。

つーか、そもそも斬撃を飛ばすってなんなんだ？

よくよく考えればいままで水の球を宙に浮かせられたのは《感覚強化》でやったように「体の外部に魔力を持ってきた」からで、そこに運動なんてものは全くなかった。静止した魔力を使って、静止した水の球に変換したというのが正しい。

つまり、斬撃を飛ばすには、魔力を外部に持ってくるだけでなく、魔力を運動やら押し出す力やらに変換する必要があるわけだ。

それどうやるんだ？

うんうんと唸ったがあまりいいアイディアが思い浮かばなかった。

×××

翌日ギルドに行くとアリソンがいた。何かを決意したような、そんな顔をしていた。

「決まったの？」彼女の前に座ってそう尋ねるとアリソンは頷いた。

「グリフォンの提案を受ける。ノルデアに行くことにする」

そうか。

「さみしくなるね」

俺ははっと口を押さえた。そんなことを自分が言うなんて思ってもみなかった。

アリソンは小さく微笑んで「ありがとう」とつぶやいた。

「必ず帰ってくる。どのくらいかかるかわからないけど。だからお願い、ニコラ」

アリソンは俺の手を握った。

「戻ってきたら、また一緒にパーティを組んでほしい。……隣にいさせてほしい」

俺は彼女の手を握り返した。

「もちろん」

彼女は目を潤ませて、微笑んだ。

グリフォンの体力が回復するのには一ヶ月を要した。その間、俺とアリソンはいままでと同じように依頼を受け続けた。俺もアリソンも一つランクが上がって、慎《つつ》ましく暮らせば一年は過ごせるくらいのお金も貯《た》まった。

この一ヶ月はあまり小旅行をしなかった。アリソンがいなくなってからいままで通り稼げるか不安だったのが一つ、なるべくアリソンと依頼を受けたかったのがもう一つだ。

そして、とうとうその日がやってきた。俺たちはグリフォンの巣まで馬車で向かった。アリソンはずっと黙っていて時々俺の顔を見ては目をそらした。

山を登ってグリフォンの巣の目前まで来た時アリソンは立ち止まった。

「どうしたの？」

「ニコラ。あの……」

アリソンは少しためらってから言った。

「髪を一房もらえない？」

「え？」

「何か、ニコラのものが欲しいの。思い出せるように」

俺は剣を抜くと髪の一部を切り取った。アリソンはハンカチにそれを載せて大事そうに包んだ。

「ありがとう」

「アリソンのも持っておくよ」

なんだかそのほうがいい気がした。

俺は彼女の髪をもらうと同じように布に包んだ。

「さみしくなるね…………さみしいよ」

彼女はそう言うと俺に近づいて胸に頭をつけた。コツンと革の鎧の音がした。彼女の腕が俺の背に回った。俺は前と同じようにアリソンを抱きしめた。

すぐにアリソンは離れてしまった。

「だめ。ここにいたくなっちゃうから」

アリソンはそう言って微笑んだ。彼女の頬は濡れていた。


グリフォンはバサバサと翼を広げていた。

『鞍《くら》は持ってきた？』

俺は革の袋からそれを取り出した。馬用のものよりもずっと大きくて、乗っている人の体を固定するベルトが付いている。俺はそれをグリフォンに取り付けてやった。アリソンは鞍にまたがると体にベルトをくくり付けた。

「大丈夫？」

アリソンは頷いた。

『それじゃあいくわよ』グリフォンはそう言って翼を広げた。

「またな、ニコラ！」コルネリアが盾のまま言った。

「ニコラ！」アリソンは叫んだ。

「必ず！　必ずあなたのそばにいられるようになって戻ってくるから!!」

グリフォンが駆け出す。大きな羽が空を切る音がする。風圧で俺は少し後退《あとずさ》る。

アリソンを乗せて体が浮き上がる。

俺は見上げて叫んだ。

「頑張れ!!　ずっと待ってる!!」

アリソンは微笑んで、グリフォンにしっかりと摑《つか》まった。

彼女たちの姿は遠く空に消えていった。

✕　✕　✕

レズリー伯爵は頭を抱えていた。

彼は戦士の家系で育ち、付き合いがあった貴族たちも戦士の家系が多かった。彼らはレズリー伯爵同様、武力至上主義でいくら頭が良かろうが商才があろうが剣術、魔法その他の武術に優れていなければ劣った者と考える傾向があった。

ライリーはその中でも優秀なほうだった。

パーティなど複数の貴族が集まる交流の機会があるたびに試合を行って、武を競い切磋琢磨《せっさたくま》する。

そういう一見すると健全な交流を、その実はマウントを取り合う風習を笑って過ごせるくらいにはライリーは優秀だった。

だが、いまはもう違う。

「あれぇ？　魔法は使わないの？」

ライリーの試合相手はそう言った。彼は子爵の息子でまだ十三歳。集まっている貴族の中では中の下くらいの実力だ。いつもならライリーが優勢に試合を運んでいた。

この試合では優劣がつかないよう属性魔法は禁止だったが、普通の魔法は使ってもよいというルールだった。以前はなんとかナディアが魔法を使って勝てていたが、いまはカタリナもライリーもその普通の魔法すらまともに使えていなかった。

「クソ！　カタリナ!!」

「叫ばないでください!!」

レズリー伯爵は近くの椅子に座ってその様子を眺めていた。まわりには他の貴族もいて、試合の様子を同じように見ている。ヒソヒソと話す声が聞こえる。レズリー伯爵は親指の爪を噛《か》んだ。

何をやっているんだあいつは。ふざけてる場合か。

ライリーは結局相手の少年の攻撃をもろに食らって倒れ込んだ。

いつもならライリーが立っていて相手が倒れている。いまはその逆だ。

「うう……」

少年は笑って離れていった。

伯爵のもとに戻ってきたライリーの顔は屈辱と怒りで真っ赤になっていた。

「カタリナ!!　どうしてちゃんと魔法を使わない!?　僕が恥をかく羽目になっただろ！」

「私は関係ないでしょう!? あなたの魔法が下手なだけです!!」

「何だと!?」

「おい二人ともやめろ！」

伯爵は大声を上げる二人を制した。まわりからくすくす笑う声が聞こえる。子爵もこちらを見て不遜な笑みを浮かべていた。レズリー伯爵は腹が立ったがぐっと抑えその場を耐えることにした。


自分の屋敷に戻ってくると、レズリー伯爵は二人を怒鳴りつけた。

「なんだあの醜態は!? どうしていつも通りやらない!? ふざけてるのか!?」

「違うんだ父さん!! カタリナがまともに魔法を使えなくて!! 水の属性だって未《いま》だにちゃんと使えてないんだよ!?」

「はあ!? 水の属性はあなたが制御するものでしょう!? 何を人のせいにしてるんです!?」

また二人が騒ぎ出してレズリー伯爵は頭が痛くなった。

「カタリナ!! ライリーはナディアを使っていたときには水の属性を使えたんだぞ!? お前にも責任があるんじゃないか!?」

「そんなわけないです!! だって……」

「言い訳は聞きたくない!!」

レズリー伯爵はため息を吐くと、ライリーに言った。

「ライリー。お前は最近練習をサボっているだろ。私の目はごまかせないぞ」

「それは……」

「黙れ。いいか。私の言うことを聞いていればいいんだ」

ライリーはぐっとうつむいて、頷いた。

それから何度か他の貴族に招かれてパーティに参加し、そのたびに試合があったが、ライリーは負け続けた。徐々にライリーは社交に参加したがらなくなり、ついには参加しなくなった。

「どうして練習しないんだ!? ナディアがいたときのように練習すればなんとかなるだろう!?」

「できないんだ!! 少しなら魔法を使える。でもすぐに使えなくなるんだ!! 体がだるくなって、何もやる気が起きなくなるんだよ父さん!! これは……」

「そんなもの、お前の気力が足りないからだろうが!! やろうという気持ちが最初から足りないからだ!!」

ライリーはレズリー伯爵を睨んだ。そんなことは初めてだったから彼は怯《ひる》んだ。

「話を聞いてよ、父さん!! これは魔力切れだ!! いままではそんなことがなかったのに、最近すぐ魔力切れになるんだ!!」

「魔力切れだ? 何を言い訳してるんだ!! いままでできてて、突然魔力切れになるわけがないだろ!!」

ライリーは大きく舌打ちをして部屋を出ていった。

「おい! なんだいまの態度は!」

そう叫んだが、ライリーは戻ってこなかった。

クソ、最近何かがおかしい。

そこに執事が入ってきた。

「よろしいでしょうか？」

レズリー伯爵は大きく深呼吸をして、それから頷いた。

執事が持ってきた手紙を開く。レズリー伯爵の表情がこわばる。明言はされていないが、それは今後の社交はお断りするという内容の手紙だった。

ライリーが醜態を演じすぎたせいだ。家系の水属性どころか普通の魔法もまともに使えず、簡単に負けてしまうライリーのせいだ。

――このままでは私のメンツが……。

レズリー伯爵は頭を抱えた。

第五章 × 別れと再会

アリソンを送り出したはいいものの、俺は色んなことに行き詰まっていた。

まず魔法だ。全然斬撃が飛ばない。そもそも魔力を力に変換する方法が全然思いつかない。

それから依頼もそうで、ランクが上がってアリソンと受けていた内容と同じものを受けられるようにはなったけれど、アリソンがいないので雷の魔法は使えない。水の魔法だって水の球を作ることしかできない。彼女の存在がもうすでに恋しくなっていた。

他のパーティからのお誘いはすべて荷物運びで、全く魅力を感じなかった。というかお前たちは俺じゃなくて革の袋が目当てだろう。知ってんだぞ。

そんな折、マヌエラが街に戻ってきた。前回と同じくギルドの奥の部屋に通された。

「あれ。ウィンターは？」俺はマヌエラよりもウィンターに会うのを楽しみにしていたので開口一番そう言った。

「ウィンターは母親と一緒じゃ。色んなところに連れていくんじゃと。いわゆる人脈づくりじゃな」

そこら辺は貴族に似ていた。

「おぬしに会いたがっておったぞ」

「そりゃそうだ。俺が親なんだから」

「妾《わらわ》もな」マヌエラは深く頷《うなず》いていた。

「で、何かくれるの？」俺は尋ねた。追加報酬は後日渡すと言われていた。いまがその後日だ。

「そうじゃそうじゃ」マヌエラはそう言ってまた空中に円を描いて、真っ黒な空間を作り出し、手を突っ込んだ。

「ええと……これじゃ」彼女が取り出したのは一冊の本だった。

『やさしい魔法　改訂五版』

俺は眉をひそめると、革の袋から『やさしい魔法』を取り出した。

「持ってるが」

「それは古すぎるし、鬼畜仕様になっとるじゃろ」

第一章一節で二つの属性を混ぜるくらいにはね。

「こっちは最新版でちゃんと易しく解説しておる。年々エルフも魔法が下手になっておるんじゃ。魔道具ばっかり使っとるせいじゃな」

一ページ目を開くと「魔力の流れを感じよう」からスタートしていた。これだよこれ。はじめからこっちが欲しかった。

「あとはこれじゃな」

マヌエラが取り出したのは布の袋で、中には金属でできた輪っかがいくつか入っていた。大きさはいろいろで徐々に小さくなっている。最後は指輪ぐらいの大きさになっていた。その他に一本細い棒が入っている。

「なにこれ」

「魔法の練習用に使う道具じゃ。アニミウムでできておる。使い方は全部その本に書いておる」

俺はその二つを革の袋にしまった。

「これで全部じゃな」

なんかしけてんな。

「前回の報酬でかなり渡したじゃろうが。あと渡せるのは情報くらいじゃ」

「情報？」

マヌエラは頷いた。

「おぬしは人間としてはかなり特殊じゃろ？　体内にあるアニミウムで魔法を使っておる。もしかするとアニミウムについての理解が深まれば、魔法の使い方も変わってくるんじゃないかと思うての。例えば、別の属性が使えるようになるとかの」

「使えるようになるの!?」

俺が期待して聞くと、マヌエラは腕を組んだ。

「知らん！　ただ何か発見はあるんじゃないかと思うての」

マヌエラは蠟《ろう》で封のされた手紙を取り出した。蠟に押された判子は見たことのない模様で、何やら文字のようなものが描かれていた。

「アルコラーダに行き、ヴィネット・バデルという女にこれを渡すのじゃ。アニミウムについては、かなり詳しい」

アルコラーダって……。

「アニミウムの鉱山がある？」

「そうじゃ。普通の人間はあまり近づかないが、おぬしは関係ないじゃろ」

俺は頷いた。アルコラーダでは大量のアニミウムが空気中に含まれている。つまり吸い込めばサーバントと契約できなくなる。近づくなと言われるのはそういう意味だった。だがマヌエラが言ったように俺には関係がない。

ただ……、

「ここからだと途中にCランクの森がある。俺はまだDランクだ」

Cランクの森があるせいでその先まで冒険（日帰り旅行）ができないんだ。俺がそう言うとマヌエラは腕を組んだ。

「おぬしなら死なんじゃろ。それにさっき渡した本で魔法を練習すれば遠くから攻撃できるようになるはずじゃ。最悪走って逃げればよい」

まあ、確かにね。

いままではアリソンと一緒に仕事をするために日帰り旅行しかできなかったけれど、いまなら別の街に泊まって、もっと遠くまで冒険できそうだ。そのためにはCランクの森くらいなら平気で通れるようになる必要がある。それにアリソンが帰ってくるまで時間があるんだ、ずっとここにいる必要もないだろう。

マヌエラは本当に俺にこれを渡すためだけに来たみたいで、すぐに街から出ていった。いつかまた会えるだろう。

思い立ったが吉日と思って、何度も見返してボロボロになり始めている地図を取り出す。大体の距離を試算してみると、俺の脚なら朝早くに出れば森を抜けられそうだが、アルコラーダまでとなるとどこかで一泊する必要がある。

森の前で一泊するか、森を抜けてから一泊するか。そう思って森の手前にある街を確認すると……。

ボルドリー。そこは俺の元許嫁《いいなずけ》であるローザの家が領主をしている土地だった。

ローザと最後に会った時、あまりいい別れではなかったのを思い出した。俺は彼女を拒絶して、そしてそのまま……。

彼女は別の人と結婚するんだろう。俺が死んだと思っているかどうかはわからないけれど、そもそも俺は廃嫡《はいちゃく》されている。もう身分が違うんだ。身分が同じだったあの頃でさえ、ろくに歩けず社交なんてできない俺と一緒になるくらいなら別の人と一緒になったほうが彼女は幸せだったんだ。会わないほうが良い。俺はもう彼女にとって過去の人だ。会って変に心に波風を立てるなんてことはしたくない。

森を抜けてすぐのところにあるラルヴァという街で一泊しよう。

そうと決まれば魔法の練習だ。

俺はいつもの場所で『やさしい魔法　改訂五版』を取り出して、アニミウムの輪っかも取り出した。行き詰まっていたがこれで解決できるはずだ。

目次に『第五章　運動』とあってすぐに開いた。

「ええと、運動とは回転である。アニミウムの輪っかでとにかく魔力を回転させろ………」

俺は布の袋からアニミウムの輪っかを取り出した。最初は大きい輪っかのほうがやりやすいと書いてあったので一番大きいものを選ぶ。魔力を流す感覚はアリソンに対して結構やっていたので、なんとなくわかっていた。輪っかを摑《つか》んでやってみる。

「んん？」

一方向に流れていかない。どうやら俺はアリソンの背中に魔力を流すときにかなりあっちゃこっちゃと分散的に流していたらしい。いまも輪を摑んだところから一方向ではなく両方に魔力が流れてしまって出合った先でぶつかっているような感じがする。

そうか、この流れる方向の感覚がしっかりとしていないから、斬撃を飛ばそうとしても力が分散して飛んでいかなかったんだな。

俺は大きく頷いて輪っかに魔力を流す練習を始めた。

………一日中やってようやくコツが摑めてきた。

ずっと流し続けるとどうしても逆流してしまうので、断続的にすることにした。一度ぐっと魔力を流して一周してきた頃にまた流す。それを繰り返す。

そうしているうちにだんだんと一定の力で流せるようになってきた。

できるようになってきたら徐々に輪を小さくすると書いてあったのでやってみたら難しい。というのも一周してくる感覚が徐々に短くなってくるので断続的にやっていると間に合わない。はじめから一定の力で流す必要があり苦戦する。しかも、アニミウムの輪っかは小さくなるにつれて徐々に細くなっていて、大きい輪ではちょっとくらい魔力が逆流してもよかったところが、小さい輪だと流れが止まるようになってくる。

輪は全部で七段階。一番小さいものは指輪くらいだが、俺は三段階目の頭にはめられるくらいの輪っかで苦戦していた。

一週間後、ようやく俺は指輪くらいの大きさでも問題なく魔力を回せるようになっていた。断続的ではなく一定なのでかなり高速で指輪の中を魔力が回転している。

本によればここまで来れば棒に変えて、『まっすぐに高速で魔力を流す』と魔力の運動が作れるようだ。

試しに俺は地面に棒を向けてみた。輪っかに流していた時のように、一方向だけに高速で魔力を流す。

「よし、やるぞ」

俺は気合を入れた。

棒の先端から水が射出される。と、地面にぶつかった瞬間、パン！　と弾けて爆発した。俺はまた水浸しになった。

ああ、またやってしまった。

そうだよね。これ、このあと、斬撃とか攻撃できるくらいの威力になるんだもんね。そりゃあ勢いだってものすごいでしょうよ。試しに岩の方へ棒を向け、全力で魔力を流してみたら、岩に水で細い穴が開いた。

絶対人に向けちゃだめなやつじゃんこれ。

魔力を流し続ければ管から水が飛び出すように長く尾を引くけれど、瞬間的に魔力を流してすぐに止めれば小さな砲弾みたいな水の球が射出される。これはこれで一つの攻撃魔法になるのだろうけど、俺は斬撃を飛ばしたいんだよ。いままでライリーの斬撃を遠くから見ているだけだったからな。俺もやってみたいという憧れがあるんだ、憧れが。

本を読むと、『まずは補助棒を使わなくても魔法が出せるようになれ』と書いてあったので、また一日中練習してできるようにした。補助棒で慣れていたからこれはそんなに難しくなかった。

よし、次は剣だ。

剣の刃の側面に魔力を集中させて、振る。瞬間、爆発的に魔力を流し、射出する。

「おお!!」

まっすぐ水の斬撃が飛んでいき、地面に傷をつけた。

「やった!!」

感動した。ずっとずっと、遠くからライリーを見てて、俺もああできたら良いのに、と思っていた魔法がついにできた!!

斬撃と同時に魔力を射出するために腕力＋魔力の運動でかなりの速度で飛んでいく。

《身体強化》と合わせれば強力な攻撃になるだろう。

何にせよ、これで遠距離からの攻撃ができる！

✕　✕　✕

翌日早朝、俺は準備運動をして、森に向けて走り出した。《身体強化》を使えば、疲れ知らずで走り続けられる。何度も近隣を冒険して気づいたが、馬車よりもこっちのほうが速い。それに俺は走りたかった。運動できる喜びは何度感じても良い。

アリソンと別れてから俺はアニミウムのブレスレットをつけていなかったので、魔力は十分に溜《た》まっているし、一日中走っても問題ないだろう。

風が気持ちいい。時々《身体強化》を緩めたときに感じるかすかな疲労が運動しているという実感になる。

途中、冒険者やら農民やらにおかしな目で見られたがいつものことである。俺は魔物がわんさか出るという森までやってきた。

額の汗を拭っていると馬車が森に入っていくところだった。貴族か金持ちだろう、結構しっかりとした馬車で護衛の騎士もちゃんと連れていた。あの騎士たちは優秀なんだろう。こんな森を通らなければならないなんて大変だなと思いながら、俺は地図を広げて昼食をとった。

と、突然遠くの方で爆発音が聞こえた。誰かが戦闘をしているらしい。Cランクの森だしあのくらいの音はするだろうと俺は構わずにパンをかじった。

昼過ぎにここまで来られたから、問題がなければ今日中には森を抜けられそうだった。魔物を無視して進めばなんとかなるだろう。別に戦いに来たわけじゃないからな。

森に入ると獣道と言うには広すぎる道がずっと続いていた。ただ地面は凸凹《でこぼこ》していて馬車では辛《つら》いだろうと思った。

《身体強化》をしたまま軽快に走っていると突然道の脇からグリーンウルフが飛び出してきた。俺がさっとしゃがみ込んで躱《かわ》すと、道の反対側に走って消えていった。

一匹か。あれは群れで行動する習性があったはずなんだけど。それに獲物を見つけたらすぐに飛びかかって襲うはずだが、あいつは獲物であるはずの俺を飛び越えて逃げていった。それだけ切羽詰まっていたということだ。

俺は後ろを振り返った。グリーンウルフが走ってきた道に巨人が現れた。いや、その体は木でできていた。

トレントだ。

「げ!!」

俺は走った。水の属性しか使えないいまの俺にトレントは最悪の相手だった。革の袋に火が出る剣はあるがあれはどちらかといえば松明《たいまつ》だ。服を乾かす以外に有用な使い方がわからない。火が出るだけで遠距離攻撃はできない。

トレントは俺に気づかず、グリーンウルフを追って道の反対側に姿を消した。

「ふう」俺は安心して前を見た。

……馬車が止まっていた。騎士たちが剣を抜いて馬車の向こうに立ち、何かを喚《わめ》いている。

「ルビーお嬢様！　馬車から降りて逃げてください!!」

騎士が叫ぶ。彼らの前にはさっきとは別のトレントが立っていた。背中には大量の枝があって葉が茂っている。鼻はなく、真っ赤に光る目と、適当に彫ったかのような斜めの大きな口があった。

俺はやり過ごそうと思って木の陰に隠れた。水の属性しか持たない俺がどうこうできる相手じゃない。騎士の中には火の属性を持っている奴《やつ》がいるだろうし、彼らがなんとかするだろう。

と、馬車から怯《おび》えた様子の少女が降りてきた。彼女を見た瞬間、俺は固まってしまった。

似てる。ローザに、俺の元婚約者にとても似てる。

そこで思い出した。ルビーはローザの妹の名前だ。というかもっと早く気づくべきだった。この辺りの貴族といえばローザの家だ。

ローザにもその家族にも会いたくなかった。俺はもう過去の人でいまさら会ってどんな顔をすればいいかわからなかったから。余計な気を使わせたくなかったから。

ただ、同時に申し訳なくもあった。俺は突然ローザの前からいなくなった。俺の家と彼女の家の双方に利益があるから婚約をしていたはずだ。それが突然反故《ほご》になったようなものだ。彼女も彼女の家族も全く悪くない。悪いのは俺の家族だ。

馬車から降りたルビーは腰を抜かしてしまった。

「立てない……立てないよ……」

「ルビー！　私の背に！」

その女性の声を聞き覚えがあった。

「なんで……」

ルビーを背負ったのはナディアだった。それを補助していたのは、俺をずっと世話してくれたメイドのエイダだ。

どうして彼女たちがここにいるんだ？　クソ親父《おやじ》は俺との約束を違《たが》えて、二人まで家から追い出したのか？

そう考えている間にもトレントは攻撃を仕掛けている。騎士たちはサーバントを構えて魔法を使う。俺が予想した通り、火の属性を持った騎士がいた。

「《火焔剣《かえん》》!!」

その声がここまで届く。斬撃が火をまとってトレントにぶつかる。が、トレントはびくともしない。火も一瞬だけ枝をチリチリと燃やしただけで、トレントが腕を振ると消えてしまった。

トレントに火は有効だが、かなりの火力が必要だったはずだ。乾燥した木じゃないんだ。水分を多く含んでいる。どうやらあの騎士はあまり魔力が多くないらしい。

そうだ。俺はもうブレスレットをつけていないんだった。彼は俺の魔力を使えていない。いまブレスレットをつければ……、と革の袋を開いたが、遅かった。火の属性を持った騎士はトレントに薙《な》ぎ払《はら》われて、木に体をぶつけ動かなくなった。

他の二人は属性持ちではないらしい。ただの斬撃を食らわせているが、あまり威力が強くない。

ルビーは怯えて悲鳴を上げている。ナディアはなんとか彼女を背負って走り出したところだった。俺は革の袋から剣を取り出した。火の出るあの剣だ。考えがあった。まったく、何のために遠距離からの攻撃魔法を練習してきたかさっぱりわからない。

やるか。エイダとナディアに、逃げる手伝いをしてくれた恩返しもできてないからな。

俺は木の陰から飛び出した。

時は少し戻る。

ナディアは馬車に乗っていた。隣には最近契約したルビーが、目の前にはエイダが乗っている。

ボルドリー伯爵の領地は北に大きな森があって、そこを抜けなければ王都にもどこにも行けないような場所だった。

ボルドリー伯爵家には、十三歳になる前に一度は、家族を連れず一人で森を抜けなければならないという通過儀礼のようなものがあった。といって使用人もサーバントも騎士も連れているから実際は一人ではないのだけど。

話によると随分前の代に森を抜けられない臆病な先祖がいて、周囲の領主と社交的な交流が持てず関係が悪化したということがあったようだ。

ルビーはもう十四歳だ。姉のローザは十二のときから森を抜けて、ニコラに度々会いに行っていた。

ローザとルビーは対照的だった。ローザは無口だが、ルビーはよく喋《しゃべ》る。ローザは肝が据わっていてちょっとやそっとのことじゃ驚かないが、ルビーは臆病だった。だからいま、ルビーは十四になってようやく重い腰を上げて森に向かっている。

……これも四度目のチャレンジだけど。

ルビーは森が近づくにつれてナディアにしがみつくようになり、ついには完全に腰に手を回した。ナディアはルビーの頭をなでた。頭の後ろで結われた赤褐色の髪はなめらかに光を反射している。

「大丈夫ですよ」

「魔物がたくさんいるんだよ?」

「騎士のみなさんが守ってくれますよ」メイドのエイダがそう言った。

森に入ってすぐ、遠くで大きな爆発音がして、ルビーは悲鳴を上げて涙目になった。森がざわつく。しばらく進むと突然、馬車が止まった。

「なんで!? ねえ、なんで止まるの!?」ルビーは顔を上げて外を見た。

騎士たちが慌てている。ナディアも同じように外を見た。木が動いている。

違う。あれは魔物だ。

この道は安全なはずなのにどうして!?

「ルビーお嬢様! 馬車から降りて逃げてください!!」

騎士の一人がそう叫んだ。エイダがすぐに馬車の扉を開けてルビーを外に連れ出したが、彼女は転んでしまった。ナディアはルビーを背負って、振り返った。

「《火焔剣》!!」

騎士がそう叫んで魔法を使ったが、ダメだ、彼はトレントに横薙ぎにされて木にぶつかった。馬がいななないて逃げ出そうとする。馬車がガタガタと揺れる。

「行きますよ!」

ナディアが言うとルビーはしっかりと抱きついた。ナディアはエイダとともに駆け出した。その時だった。

木の陰から一人の少年が現れた。彼は恐るべき速さで駆け出すとナディアたちのそばを通り過ぎた。なんだか懐かしい匂いがした。

少年は地面を蹴って飛び上がるとトレントの胸元の辺りに剣を突き立てた。剣は柄の近くまでトレントの胸に埋まった。それだけではトレントは止まらない。何度も腕を振って、胸にしがみつく少年を振り落とそうとしている。

と、突然、大きな炎が現れて、ナディアは目をつぶった。トレントが激しく燃えている。

しかも、何だあれは。少年は火の属性でトレントを燃やしているはずなのに、同時に水の属性を使って体を守るように水の塊を配置している。トレントの木から出る水蒸気なのか、それとも少年が出した水の塊が蒸発しているのか、白い煙がたなびく。

トレントは叫ぶように高い悲鳴を上げて燃えていき、ついには動かなくなって後ろに倒れた。

少年は剣を離すとトレントの体を蹴るように跳んで、地面に着地した。

「熱い熱い！」彼は自分に水をかけて体を冷やしていた。

その姿に見覚えがあった。忘れもしない。

先に駆け出したのはエイダだった。

「ニコラ様!!」

彼女は少年に抱きついた。

ナディアもルビーを背負ったまま少年に駆け寄った。

ああ、本当だ。本当にニコラだ。生きてたんだ。でもどうして……。

血色が前より良くなってとても健康そうだった。こんなに背が高かったのかとナディアは驚いた。

でも、ニコラはニコラだった。


トレントに剣を突き刺したままでは良い。トレントは暴れて俺を振り落とそうとしたが、《身体強化》と《闘気》の前にそれは無意味だ。俺は剣を握り締めたまま思いっきり魔力を送り込んだ。

爆発したんじゃないかってくらいの炎が弾けて、前が見えなくなった。

熱《あ》っつい!!

声も出せないくらい熱くて俺はとっさに体の前を水で覆った。剣に魔力を送らなければ、魔力はしっかりと水の形を保った。

が、熱さは少ししか防げなかった。というのも俺の前に作った水の膜が一瞬で蒸発して水蒸気になってしまっていたからだ。ボコボコと泡立って波打っている。

もっと、温度を下げないと!!

俺は必死に水の壁に魔力を送った。と、俺の体のまわりだけ急激に冷え始めた。見ると俺の腕のまわりだけ円を描くように氷ができている。何が起きたのかよくわかっていなかったが、熱いよりずっといい。

おそらく俺の手はやけどしてしまっている。

蒸気と炎にくらむ視界で、徐々にトレントの動きが鈍くなるのがわかった。

突然、ぐらりと体が揺れ、トレントは背中から倒れ込んだ。俺は剣から手を離す。炎が消え、蒸気だけが残る。俺は地面に着地すると叫んだ。

「熱い熱い!」

自分に水をかけて体を冷やす。両手を見ると真っ赤になって皮が剝《む》けている。

うわ、ひでえ。

俺は水の球を作ると手を突っ込んだ。

やっぱり遠距離から攻撃できないとだめだな。俺がそんなことを考えていると、誰かが向こうから走ってきた。

「ニコラ様!!」

そう叫んでエイダが俺に抱きついた。俺は水の球を消して両手を上げた。

ナディアもルビーを背負ったままこちらに近づいてくる。

「二人共どうしてここにいるの？」

俺が尋ねるとエイダとナディアは口を揃《そろ》えて言った。

「「それはこっちのセリフです!!」」


あまりに手が痛いので、騎士たちからポーションをもらった。というかポーションで傷って治るんだと思って興味津々で眺めていた。ジュワジュワと音を立てて皮膚が再生していく。あっという間に手は治ってしまった。

「ありがとうございます」俺が言うと騎士の一人は苦笑した。

「礼を言うのはこっちだよ。あのままじゃ俺たちは死んでいたし、それにルビー様までひどい目に遭っていただろう。ありがとう」

吹っ飛ばされた騎士はあばらが折れたようで呼吸が苦しそうだったが命に別状はなかった。彼は目を覚ますとポーションを飲んで、俺に頭を下げた。多分骨折までは治らないのだろう、動くたびに痛そうだ。

トレントに驚いて逃げ出した馬はすぐに戻ってきた。主人想《おも》いのいい馬だ。馬車も特段壊れたところはなさそうだった。

「ルビーはどこに向かってたの？」

「ラルヴァという街です。森を抜けたところにあります。でもこうなってしまっては家に戻ったほうがいいかもしれません」

どうなんだろう。俺は大体の距離を騎士たちに尋ねた。

「ボルドリーに戻るより、ラルヴァに抜けてしまったほうが近いと思います」騎士の一人がそう言った。

「でも……」

ルビーは少しうつむいた。もしかしたら不安で早く家に帰りたいのかもしれない。

俺はここに来る途中、別のトレントを見かけたのを思い出した。

「ラルヴァに抜けよう。さっき別のトレントやグリーンウルフがうろついてるのを後ろの方で見た」

「え……」ルビーは怖がって両手を握りしめた。

「ラルヴァまで行けば冒険者を雇えるんじゃないか？　森の雰囲気、いつもと違うんだろ？　護衛を増やしてから戻ればいい」

ルビーにそう言うと、彼女は頷いた。

「……わかりました。あの、ニコラお兄様、戻る時一緒についてきてくれませんか？」

「お兄様って……」

俺はもう君の家とは関係がないんだよ？

昔一度だけルビーには会ったことがあった。ローザと対照的でよく喋るので覚えていた。

「そういえば、ルビーは俺のことを覚えてたの？」

「はい！　お姉様がよくお話ししていたので」

そうですか。

「ああ……、俺行くところあるんだけど」

「そんな!!」と言ったのはルビーだけじゃなく、エイダたちもそうだった。

「お願いです、お兄様。用事が終わるまで待っています。帰り道も一緒に家までついてきてください！」ルビーは俺の手を強く握った。「途中で逃げたと知ったらお姉様がどう思うか!!」

逃げるなんて人聞きが悪い。

仕方ない。もうルビーには存在を知られてしまったんだ。ここで離れて、捜索されて、クソ親父に生存を知られるのも困る。

「わかったよ」

俺が言うと、ルビーは顔を輝かせた。


馬車に乗るとルビーは俺の隣に座ってずっと身を寄せていた。ナディアとエイダは苦笑していた。

俺たちはあれからのことを話し合った。二人はレズリー伯爵家から離れる経緯について話してくれた。

「——それで、ルビーと契約をしたんです」

「じゃあ、ライリーに水の属性は……」俺が尋ねるとナディアは頷いた。

「なかったんだと思います。初めから。思えば、昔、ライリーと一緒に遠くに出かけた時、水の属性を出せなかったことがあったんです。その時はたまたま調子が悪かっただけだと思いましたが、理由があったんですね」

そうなのか。じゃあ俺はライリーにも魔力を使われてたんだな。というより、ナディアに、か。俺が注射をされる直前の三週間、カタリナだけでなく、ライリーもあまり魔法を使っていなかったから俺の魔力はますます溜まっていたんだ。

「俺はナディアに助けられていたんだな」そうつぶやくとナディアは下唇を噛《か》んだ。

「そんなこと……私は何も知りませんでした。……それはライリーやカタリナの企《たくら》みもそうです。あんなに近くにいたのに」

「最後は知らせてくれた。それに俺が逃げ出すのを手伝ってくれた。感謝してる」

俺はエイダを見た。

「エイダはいつも俺を世話してくれて、感謝してた。伝えられずに家を出されてしまったから、いま伝えられて嬉《うれ》しい」

「とんでもないです」エイダは微笑《ほほえ》んだ。

「あの時俺は怖かったんだ。ためらってしまった。逃げられなかったのは俺のせいなんだ。ずっと二人に謝りたかった。頑張ってくれたのに……」

エイダは首を横に振った。

「私は最後までお守りすることができなかったことを悔やんでいました。でもこうしてまた再会できてとても、とても嬉しいです」エイダの目には涙が光っていた。

馬車はゴトゴトと揺れて森を抜け、街に入った。ラルヴァは小さな街だった。ルビーが一種の『度胸試し』のために森を抜けたという話は聞いていたので金を持っているか心配だったが、ラルヴァで何泊かする準備はしていたようだった。

その日はもう遅くなってしまった。元々ここに泊まる予定だったんだ。ルビーが懇願するので金を出してもらい同じ宿に泊まった。高価な宿だった。

夕食の席で彼女は言った。

「お兄様はどこに向かう予定だったんですか?」

「ああ、アルコラーダ」

「え!」ルビーは一瞬驚いたがすぐに理解したように頷いた。

「お兄様はもうアニミウムを吸っても問題ないのでしたね」

「そうそう」

ルビーは残念そうだった。

「一緒に行けると思ってたんですけど……仕方ないです。森を抜ける通過儀礼も半分は完了したので……」

「完了したのか?」俺は首をかしげてナディアとエイダを見た。彼女たちも首をかしげていた。

「でもでも、森を抜けられましたよ? あとは戻るだけです」

まあ、襲われて怖い思いをしているから『度胸試し』という意味では完了しているのか。ルビーは半分完了を押し通して言った。

「では、私はラルヴァ周辺で知り合いに挨拶をして回ってきます。森を抜けたら報告して回るのが常だったので。数日後また会いましょう」

「俺、戻ってくるのに一週間くらいかかるかもしれないけど？」

「平気です。待ってます」ルビーはそう微笑んだ。


翌朝、日課なので俺は庭に出て魔法の練習をしていた。昨日の違和感を確かめるためだ。

トレントに炎の剣を突き刺したあと、俺は水の壁で温度を下げようとした。とにかく熱くて必死だった。で、その結果、なんか知らないけれど氷ができていた。

水の魔法って氷作れるの？

俺は宙に水の球を浮かべて、温度が下がるのを想像する。冬の雪が降る寒い時期を想像する。鳥肌が立つ。揺らいでいた水の球が動きを止めて徐々に表面が凍っていく。冷気が体を包み込んで、寒い。俺が魔力を止めると球状の氷が地面にゴロンと転がる。蹴って確かめると内側まで完全に凍っているようだった。

攻撃の幅が広がったがもっと早く知りたかった……。これでトレントの動きを止められたかもしれないのに。

まあいい。また森を通ってルビーを送り届ける時にでも使ってみよう。

昼が近くなって俺はラルヴァを出た。ルビーは不安げで、離れるのを嫌がったが、「騎士たちもいるし大丈夫だ、一週間以内に必ず戻ってくる」と言うと頷いた。

戻ってきたらすぐに森を抜けてルビーを送り届けよう。ただ来た道を戻るだけだ。

簡単だ。

そう思っていた。

×　×　×

私は苛《いら》ついていました。無能なニコラを殺して、有能だと思っていたライリーと契約したものの、こいつもなかなかに無能でした。魔法もろくに使えません。属性魔法に至っては全くダメです。そもそも属性を持っていないんじゃないかという気さえしてきました。

そのくせ傲慢に私に向かって命令して使役しようとして、できないと侮辱してきます。使えません。本当に使えません。これじゃあ何のために媚《こび》を売ってきたのかわからないです。

それでもまだニコラよりはずっと良いです。あいつは本当にダメでした。

いままでの生活がどれだけ屈辱的だったか。どうして私があんなお粗末な人間と契約を結ばなければならなかったのか未《いま》だにわかりません。

サーバントにとって、「戦えること」「強いこと」こそ魅力度の評価基準です。人間が「顔がいいから」「金があるから」と結婚するようなものです。そういう意味で言えばニコラは死ぬほどブサイクで貧乏な男でした。甲斐性《かいしょう》がないクズ。私がいないとなんにもできないどうしようもない男です。

ライリーはといえば、不倫していたうちはイケメンでしたが正式に付き合いだしたら劣化したという感じでしょうか。

そう、私は悲劇のヒロインなんです。化け物みたいなブサイクのニコラと結婚させられた哀れな女でした。レズリーなんていうクソど田舎《いなか》で最悪な男と一生過ごす、そんな運命を背負わされた可哀想《かわいそう》な女でした。

ライリーも伯爵もそこから這《は》い上がるのを手伝ってくれました。流石《さすが》騎士様。

ただ私は、ニコラを廃嫡するだけでは満足できませんでした。

だって、そうでしょ？

ニコラは契約を破棄してもきっと私に追いすがってきたはずです。

「お前がいないとダメなんだ!!」って。

「頼むからそばにいてくれ!!」って。

あいつは私がいなければ生きていけませんからね。

そうやって惨めに私を求める姿を想像するだけで吐き気がしました。だから万全を期したんです。

騎士物語で、姫を救い出すには、化け物を殺さないとダメですからね。

アイツを川に流して、やっと平和な世界になったと思ったのに、これですよ。

ライリーは今日も私を連れて訓練場に来て、魔法の練習をしています。

「クソ!!　クソ!!　出ろよ水!!」

毎日イライラしていてこっちまで嫌になります。私だって苛ついてるんだから、少しはこっちの身にもなってほしいです。ライリーが考えるのは自分のことばかり。情けない。

私は優秀だ、とは言いませんがそこそこ戦えるサーバントです。

ニコラやライリーなんていう木《こ》っ端《ぱ》に使われているから実力を発揮できないだけです。

そう、それだけ。

訓練場から屋敷に戻ると、伯爵が馬車から降りるところでした。

「訓練はうまくいったか？」

どこか優しげに、伯爵は言いました。ライリーは少し怯えたように首を横に振ります。

「大丈夫だ。これからは、大丈夫だ」

伯爵はそう言って私とライリーを書斎に連れていくと使用人の男が持ってきた箱を開けました。

中には短剣が。

私は眉をひそめました。

「これって……」

「新しいサーバントだ。街で男が売っていてね。彼の話によると、なんでも前の持ち主からひどい仕打ちを受けていたらしい。契約していたその男は犯罪で捕まり、彼女との契約を解除されたそうだ。売っていた男は怪しい風貌だったが、なに、人は見かけでは判断できないからね」

レズリー伯爵はそう言ってライリーの方へ箱を押しました。

「僕の、ってこと？」

「ライリーには私がいます。どういうことです？」

私は抗議しましたが、伯爵は私を見るとため息を吐《つ》きました。

「カタリナ。君はもっと魔法を練習するべきだ。いまのままじゃ、ライリーの足手まといだ。だから、いまは魔法をちゃんと使えるもう一人のサーバントと契約をして社交でもうまく立ち回れるようにする必要がある」

「はあ？　それじゃあまるで私が……」

「カタリナ、黙って」

ライリーが生意気にも私の言葉を遮りました。この親子は人の話を遮るのが好きらしいですね。

「僕は賛成だよ、父さん。僕のことを考えてくれてたんだ。ありがとう」

「なに。いいさ」伯爵はライリーの頭をくしゃくしゃとなでました。

仲の良い家族ごっこに反吐《へど》が出ます。

「それじゃあ、契約をしよう。彼女の名前はゾーイだ」

ライリーは頷いて、契約を交わしました。

すると、短剣が浮かび、人の形を取ります。やけに胸と尻の大きな女です。タレ目で常にはにかんでいるようなそんな感じ。くるくると癖のある栗毛《くりげ》が顔のまわりで踊っています。

「これからよろしくね、ライリー」ゾーイは前かがみになって、ライリーにそう言いました。

ライリーは少し顔を赤らめて頷きました。

最悪です。気色が悪い。更に最悪だったのはそのあとでした。

ライリーは早速ゾーイを連れて訓練場に向かいました。彼はかなり緊張していました。というのも私や伯爵がそばにいたからです。彼の手や脚がふるえています。

と、ゾーイは突然、ライリーを後ろから抱きしめました。

「大丈夫。大丈夫ですよお。失敗しても誰も怒りませんから。一つずつやりましょうねえ」

ライリーは少しの間呆気《あっけ》にとられて、それからコクリと頷きました。最近見せなかった安心しきった顔をしています。ムカつきます。

ゾーイは短剣に姿を変えました。ライリーは深呼吸をして、剣を構えます。

「《流水剣》!!」

ライリーは叫びましたが、水は出ませんでした。けれど、しっかりと斬撃だけは飛んでいきました。

ライリーはうなだれました。

「だ、だめだあ」

「すごいすごい!! 斬撃は出たでしょ?」

ゾーイは人型に変わると、ライリーの手を握りしめてそう言いました。

「そうだけど……」

「いや、ゾーイの言う通りだ」レズリー伯爵は言いました。「いままでは斬撃だってまともに出なかったんだ。それだけでも一歩前進だろう」

「これから少しずつやれば《流水剣》もできるよ、きっと」ゾーイはそう励ましました。

ライリーは伯爵を見て、ゾーイを見て、深く頷くと涙を流しました。

バカみたいだと思いませんか。何泣いてんですか、こいつは。

というか、なんで私の時はちゃんとやらないでこのゾーイとかいう女の時はちゃんと魔法を使うんでしょう？

ムカつきます。私のことをバカにしてます。

「ライリー！　どうして私の時はちゃんとやらないんです!?」

私はライリーに詰め寄りました。

と、ゾーイが私の前に立ちはだかりました。

「どきなさい！」

「カタリナ……だっけ？　あなた、魔法を使ってみて」

私はライリーを睨《にら》みました。

「ライリー、早く」

「ライリーは関係ないよ。あなたが魔法を使うの。さあ」

ゾーイはそう言うと手を振って、ライリーがさっき出したのと同じ剣撃の魔法を飛ばしてみせました。

私は動きませんでした。

「あれ？　できないのかな？」

ゾーイはクスクスと笑いました。

私は手を上げましたが、そのまま降ろしました。できないと知られれば、無様な姿を晒《さら》すことになりますから。

「いまは、調子が……」

「こんなこともできないなんて、あなた相当――」

続いた言葉に私の頭がグワンと揺れるような感覚がしました。

む、の、う。

「いま、なんて言いました？」

「無能、だよ。無能。だってそうでしょ？　こんなの、サーバントなら誰だってできる魔法だよ。あなたは、できないみたいだけど」

クスクスと笑い声が聞こえます。

伯爵もライリーも見てます。使用人がすぐそばにいます。全員が見てます。その前で、この女は私を侮辱しました。

「だから、いまは調子が悪いだけです!!」

「調子が悪くたってこれくらいはできるでしょ、ほら、ほら」

ゾーイは手を何度も振って剣撃を出しました。

「できないの？　それって……剣なのに物を切れないのと一緒だよ。じゃあ、あなた、いったい何ができるの？」

私はライリーを見てレズリー伯爵を見ました。けれどどちらもじっと私を睨んでいるだけでした。

助けてよ！　ライリー、契約者でしょ!?

私は下唇を噛んでから言いました。

「いままでは、ニコラという無能と契約してたから魔法を訓練できなかっただけです」

「ふうん。まあ良いけどね。一週間以内にできるようになっておいてね。足手まといはゴメンだから」ゾーイは、ライリーを振り返りました。

「ライリー、これから頑張ろうね」

「うん」ライリーは微笑んで、ゾーイと手を繋《つな》いで屋敷の方に歩き出しました。伯爵も肩を並べて歩いていきます。私のことなんてどうでもいいみたいに。

私は腸《はらわた》が煮えくり返っていました。

なんで、ライリーは助けてくれないんでしょう。

私はあなたの大切なサーバントですよ？

なんで、この私が、あいつに指図されなきゃならないんでしょう？

私が足手まとい？

私は優秀なんです。あんたよりずっと。ただ、契約者が悪かっただけ。

それだけです。

× × ×

一週間後、レズリー伯爵家に知らせが入りました。

何でも、ラルヴァとボルドリーの間にある森が危険になり通れなくなってしまったようです。五日ほど前に大きな爆発音がしたあと、数日は平気でしたが、徐々に魔物が暴れるようになったんだとか。

伯爵は私たちに言いました。

「ライリー。ここで活躍して他の貴族たちに力を示すんだ。そして恩を売る。いいな？　期待しているぞ。……次は、ないからな」伯爵の目は冷たくこちらを見ていました。

ライリーはビクッと怯えたあと、コクリと頷きました。

彼の手はふるえていました。どうせ、「また父さんに見捨てられたくない」とか思っているのでしょうが、そもそも家族ごっこだってことにライリーはまだ気づいていません。愛なんてないんですよ。

この伯爵は自分のメンツのためにゾーイを連れてきただけです。あなたのためじゃないんですよ、ライリー。

愚かですね。

ゾーイと練習して自信をつけたようですが、臆病は直らなかったみたいです。

そのゾーイは私を見ていいました。

「足手まといにならないでね」

ムカつきます。なるわけないでしょう？

私たちは馬車に乗り、森に向かいました。

……そこで、ニコラに出会うことになるとは、知らずに。

第六章 × 火の属性

アルコラーダは山の上にあった。道中では至るところに警告の看板があって、『注意　この先アニミウム濃度上昇』と書かれていた。近づくにつれて人間の姿が少なくなり、代わりに獣人たちが増えていく。

昼過ぎに俺はアルコラーダ鉱山都市にたどり着いた。いままで見た中で一番大きな街だった。門の前にいる騎士は獣人でかなり良い鎧《よろい》を着ていた。中に入っても獣人ばかりだった。半分くらいはそうなんじゃないか？

入り口付近は普通の街と同じような雰囲気だが、進むにつれて金属加工やら錬金術師の店ばかりになり、最後は鉱山に出る。鉱山には大きな穴があいていた。トロッコのレールが数本延びていて、男たちが石のたくさん詰まったトロッコを押して出てくる。アニミウムはあそこから採取するんだろう。

一通りまわってまた街の入り口付近に戻ってきた。ヴィネット・バデルとかいう女性はどこにいるんだろう？

どこかで聞けないかなあ、と辺りを見回すと、見慣れた文字が目に入った。

『鉱山冒険者ギルド』

俺は首をかしげた。何でこんなところに？

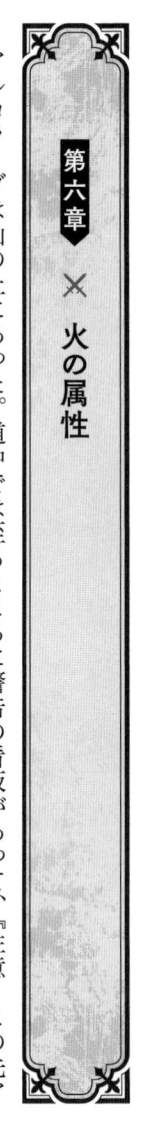

サーバントを使えない人間は魔法が使えない。ということは、そうとう鍛錬しなければ魔物とろくに戦えないはずだ。冒険者としてやっていけるんだろうか。そう思ってドアを開くと、ここでも獣人ばかりが中にいた。頭の上に耳が付いた人、完全に蛇やオオカミの頭をしている人など様々だった。かろうじている人間は受付か、もしくは依頼に来ている一般人だけだ。

異様な雰囲気だった。まるで異世界に来てしまったようなそんな印象だ。

ただ、基本的なシステムはあまり変わらないようだった。掲示板を見てみるとランクごとに依頼が貼ってある。エントアのギルドと違うのはその内容だった。

「採掘護衛任務？」

読むと、どうしてこんなに獣人の冒険者が集まっているのかよくわかった。

アルコラーダ鉱山はダンジョンになっていた。

採掘の途中でも魔物が出てきて人を襲う。ただ人間はサーバントを使えない。代わりに獣人たちが魔法を使って魔物を倒し、人間を護衛する。任務のほとんどが護衛だった。それに……。

「何だこの報酬！」

報酬は一万ルナが最低ラインだった。しかも『討伐の有無にかかわらず』。討伐をすれば更に金が上乗せになる仕組みになっていた。つまり、何もしなくても日給一万ルナだ。エントアではEランク冒険者があくせく物を運んでようやく五千ルナの報酬だったことを考えると相当好条件だ。そりゃあ獣人たちも集まってくるだろうよ。

ずっと掲示板の前にいたら獣人たちに変な目で見られたので離れて、受付に向かった。

「あの、ヴィネット・バデルという女性を探してるんですが」

「ああ、彼女なら錬金通りにある【マジカルショップ☆プリティヴィネット♪】にいらっしゃいますよ」

……何だその名前は。行きたくなくなってきた。いや、まて。さっきその名前を見たような気が……。

「大きな看板が出ているのですぐ見つけられるはずです」

「あ、はい」

そうだ、異様すぎて目を引く看板がでていたんだった。ゴテゴテとした装飾の施された、完全に景観を害している看板だ。近くにはファンシーな家が立っていて壁は全部白のペンキで塗られ、屋根はピンク色をしていた。

あそこに行くのか。俺は目頭を押さえた。

「ただ、少し気をつけてくださいね」

「気をつける？」

受付の女性は少し辺りを見回して、声を潜めた。

「ええ。一部の過激派ファンの方々に」

「ファン？　過激派？」

「行けばわかります」

よくわからなかったが礼を言ってギルドを出ると件《くだん》の店に向かった。やっぱりゴテゴテしていて俺は引いた。逡巡《しゅんじゅん》してから中に入る。

「いらっしゃいませ〜！」

猫耳の店員がやってきてニッコリと微笑《ほほえ》んだ。かなり人間寄りの獣人だ。メイド服だったが、明るい青の生地で、しかもミニスカートだった。しっぽがふるふる揺れている。胸に大きな名札をつけていて『アニー』と書いてあった。

外はファンシーなくせに中はガッツリ魔道具店だった。目玉の浮いたガラスの瓶とか平気で置いてあるし、虫が乾燥したやつも瓶詰めにされている。

店はそこそこの広さがあって、客が数人いた。こんな店でも利用する客はいるんだなと思っていたら、なんか睨《にら》まれている気がする。

なんだ？　俺は何もしてないぞ。

「何かお探しですか？」アニーはこてんと首をかしげてそう言った。

奥の方にいた客たちが「かわいい」「天使」とか言っている。

……あれがファンか。

この客たちは猫耳の店員を見に来てるんだ。だから邪魔者の俺を睨んでいたのね。

「ヴィネットさんはいますか？」

「店長ですね。少々お待ちくださいね」アニーはにっこり微笑むと店の奥へと消えていった。

客がジロジロとこちらを見ている。やだなあ。早く出たいなあ。

しばらくしてアニーは小さい女の子を連れて戻ってきた。広いツバの帽子を被ったいかにも魔女といった風貌の女の子だったが、帽子も服も明るい青だった。彼女はエルフらしい風貌をしていたがマヌエラと少し違っていた。マヌエラよりも尖《とが》った耳が長い。ハーフエルフだ。

「ヴィネットちゃーん」と客が呼ぶと、彼女は無表情で手を振った。

「それであなた、僕に何か御用ですかあ？」

ヴィネットはずっと無表情で、声にも覇気がない。よくあんな看板でこんな名前の店にできたなというくらい無気力な感じがする。誰かに無理やりこの店をやらされているのだろうかと疑うレベルだ。

「おーい」彼女は俺の目の前で手を振った。

俺ははっとして革袋の中からマヌエラの手紙を取り出した。

「あの、これ」

「……『マジックバッグ』、そんな簡単に開けるんだ？」

「ええ、まあ」

ヴィネットは少し驚きながら手紙を受け取ると、蠟《ろう》に押された印章をみてぎょっと目を見開いた。いままで無表情だったからその変化に少し驚いた。

まわりの客もその変化には驚いたようで、

「何を渡したんだ？」

「まさかラブレターじゃないだろうな」

と、邪推をしていた。

ヴィネットは封を開いて中を読むとまたカッと目を見開いて、俺の手をぎゅっと握った。抱きしめたと言ってもいい。その顔には笑みが浮かんでいた。随分な変わりようだ。

「こっちに来て。話したい。アニーは店番してて」ヴィネットが俺をグイグイ引っ張った。

客たちは唖然《あぜん》として俺たちを見ていた。

「ヴィネットちゃんが笑った……」そうつぶやいて。


店の奥の廊下は整理されているが、薬品やら実験に使う器具やらが所狭しと置かれていた。そこを抜けて部屋に入ると今度は飼育カゴがたくさんあって、蜥蜴《とかげ》やら蜘蛛《くも》やらがうじゃうじゃいて背筋が凍った。

で、更に先に進むとようやく居住スペースらしい場所に出た。応接間と言うより、普通の生活場所と言ったほうが正しい。テーブルと二脚の椅子。食器棚にはカップがいくつか入れられている。

「座って」

ヴィネットはテーブルの上に置いてあったベルを鳴らした。すぐにメイドがやってきた。今度のメイドも人間に近い獣人で黒猫だった。アニーよりも小さい。それでもヴィネットよりは大きかったが。

「『精霊の血』持ってきて」

メイドはこっくり頷《うなず》くとパタパタと二階へ上がっていった。

なんだ『精霊の血』って？

ヴィネットはティーポットとカップを持ってくると、指をくるくる回して魔法を使った。宙に水が浮かんで、それがグツグツと沸騰し始める。彼女が指を下ろすとポットにお湯が落ちていってすっかり中に収まった。紅茶を注いだカップを俺の方に押しながら、ヴィネットは向かいに座る。

「マヌエラ様の手紙にはこう書かれてた。『ニコラはアニミウムの研究に一役買ってくれるだろう』。僕は元々デルヴィンにある魔法学校で研究してたんだけど、途中で行き詰まっちゃって、しばらく頭を冷やせってここに送られたんだ。マヌエラ様の言うことだ。きっと君が僕の研究を進めてくれると信じてる」

そんなに期待されても。

「それで、マヌエラ様の手紙に書かれてたことはホント？『体内に過剰なアニミウムがあるために、人間の身で魔法を使える』って」

「本当」

「見せて」

俺は手の平を上に向けて集中してみた。カップと同じくらいの大きさの水の球が宙に浮かぶ。俺はそれを凍らせてキャッチして、テーブルに置いた。

「おお」ヴィネットは目を輝かせて氷を見た。

「サーバント持ってない？」

「持ってない」

ヴィネットは俺に近づいてくるとペタペタと腹や胸を触った。

許可も取らないのかよ。

彼女は満足するとまた向かいに座った。

「アニミウム、どれくらい投与された？」

「ええと……このくらいの注射器でこのくらいの量かな」

俺は手で量を示した。それから『死の川』で大量に水を飲んだことも話した。

「アニミウムは体積が変わるから一概には言えないけど、でも、『死の川』の水に数日浸《つ》かっていたなら……致死量。エルフも獣人も助からない量だよ。なのに生きてるんだ。すごい。こんな例は初めて」ヴィネットはふふふと笑って顔を伏せた。

なんだか少し怖かった。

そこに黒猫のメイドが何かを持って現れた。さっき言ってた『精霊の血』というやつだろう。

金属の箱だった。いくつも鍵がかかっていて、メイドは時間をかけて一つ一つそれを外していった。箱の中に入っていたのは手の平に収まるサイズの二つの小瓶。どちらも液体で満たされていて片方は赤く、もう片方は青だった。どちらも透明だ。はじめはワインかと思ったが、何か光を反射する物質が内部にあるようで、時折虹色にキラキラと光っている。

「マヌエラ様からの手紙には、『アニミウムについて何かわかれば魔法を発展させられるかも』と書かれてた。だからこれを持ってきた」

ヴィネットは瓶を手に取って見せた。

「これは『精霊の血』。ものすごく高価だよ。この量を売れば一瓶で二十年は遊んで暮らせる」

「こんな少ない量で?」

ヴィネットは頷いた。

「いまや誰も作ることのできない貴重なもの。これを注射すれば他の属性が手に入る。いまここにあるのは火の属性と水の属性」

「人間でも属性が手に入るの?」

「うん」

属性は血で親から子に続いているものだと思っていたから、他の方法があるなんて知らなかった。

「これで属性を増やせるの?」

「ううん。それはできない。属性は上書きされる。君が水の属性を持っているのなら、赤を注射すれば火の属性だけになる」

何だ。それじゃあつまらない。俺は他の属性が手に入る方法があればと思って来たのに。

「いまつまらないと思った? ううん、そんなことない。上書きされるのは生来の属性だってことはわかってる。でももし『精霊の血』を二種類注射したら?」

「二つの属性が手に入るのか」

「いや、わかんないけど」

なんだよ! その会話の流れならそうだろ普通!

「『精霊の血』を二つ注射した場合どうなるかは、実はわかってない。だって、二つ注射すると死んじゃうみたいなんだ。魔法が切れてしまうのかもしれない」

「魔法？」

ヴィネットは頷いた。

「実験でわかったことが一つある。それは、この『精霊の血』にはアニミウムが大量に含まれているということ」

ん？

俺は首をかしげた。

「じゃあ、それを注射したら人間はサーバントとの契約が切れるの？　というか致死量になるんじゃや？」

「そこが、この液体のおもしろいところ。注射してもサーバントとの契約は解除されない。しかも死なない。属性だけが単純に上書きされるだけ。それが魔法なんだ」

ヴィネットは『精霊の血』を窓から差し込む光にかざした。机の上に赤い光が映り込む。

「『精霊の血』には繊細で複雑な魔法がかかってる。多分、人間の体を守って、サーバントとの契約を持続させるためのもの。この魔法がどんなものかは誰も解くことができなかった。だから簡単に作ることができない『精霊の血』はものすごく高価なんだ」

彼女は『精霊の血』を箱に戻した。

「だけど、属性獲得の本質は魔法じゃなくて、物質そのものにあると僕は睨んでる。つまり、『アニミウムと何かを組み合わせることで属性は作り出せる』。それが僕の理論」

俺は話についていけてなかった。

「ええと……つまり？」

ヴィネットは俺の手を握りしめた。

「『精霊の血』はアニミウムと何かを組み合わせた合金にすぎない。その合金を注射すれば理論上は誰でも、属性を手に入れることができる。ただ、アニミウムには致死量があるから、『精霊の血』にはエルフや人間、獣人たちに投与できるように複雑な魔法がかかっている。でもあなたにはその魔法が必要ない。だってアニミウムに耐性があるんだから」

ヴィネットはテーブルに登って俺の手を握りしめ、目を覗《のぞ》き込んだ。

「つまりこういうこと。あなたにアニミウムの合金を注射すれば、もしかしたら属性を変化させられるかも」

彼女は興奮してそう言った。ヴィネットの膝がカップにあたって倒れ、紅茶がテーブルを濡《ぬ》らしたが、すぐにメイドがやってきて、ヴィネットの行動など気にせずに拭いた。淡々としたものだった。

話はわかったが、

「危険はないんだろうな」また死にかけるのはゴメンだ。

「アニミウムに耐性があるなら大丈夫……のはず」

「はず」ってなんだ。怖いなあ。注射にはトラウマがあった。死にかけたトラウマが。

「それに、もし失敗して水の属性がなくなって戻ってこなくなるのも困るんだけど」

確かに新しい属性は欲しいけれど、ギャンブル性があるからなあ。

俺が渋っているとヴィネットは下唇を噛《か》んで俺から顔を離した。

しばらく悩んだあと、彼女は赤と青の瓶を箱から取り出した。

「もしも実験に失敗したらこれをあげる！　この量なら全部注射すれば水の属性が戻るはずだ！　火の属性のほうは売ればいい！　僕はそれだけこの理論に自信があるし、それにこれに懸けてるんだ！　だからお願い!!」

俺はぎょっとした。二つ合わせて四十年遊んで暮らせる金額を今日会ったばかりの俺に突き出すのか。

「どうして……そこまで？」

ヴィネットは瓶を摑《つか》んだ手を下ろすとストンと椅子に座った。

「行き詰まってるんだ。もう三十年も結果が出てない。この三十年間、僕はこれに費やしてきた。たくさんの人に迷惑をかけて実験のために金をつぎ込んで、やっとここまで来たんだ」

彼女は瓶を箱に戻すとため息を吐《つ》いた。

「バカみたいだと思うでしょ？　でもやらないといけないんだ。……約束したから」

「約束？」

「そ、いつか必ず光の属性の『精霊の血』を作るって。呪いに苦しんでた友達がいたんだ。その子との約束。もう随分前に亡くなったけどね」

ヴィネットは遠くを見た。

「でも同じように理不尽に苦しんでる人は度々現れる。もうあんなふうに何もできずにただ死を待つような人を見ているだけなのは嫌なんだ。光の属性を極めれば聖属性と呼ばれるくらい治癒に長《た》けた魔法を使えるようになるんだ」

「そうか……」

呪いがどんなものかはわからない。でも何もできず痛みと辛《つら》さに怯《おび》えるのがどんなに苦しいかはよくわかる。

こんなよくわからない身なりをしていても、ヴィネットはちゃんと目的を持っていた。というかこの格好だってファンがついて金を落としてくれるからとわざとしてるのだろう。

彼女は本気だ。

「もしアニミウムの合金を投与して属性が現れたなら、研究は飛躍的に進む。七種類ある属性のうち、光と闇の属性の『精霊の血』は見つかってないんだ。『精霊の血』がアニミウムの合金だとわかればその作成にもかなり近づく。もう一方の金属を見つければいいだけだから」

ヴィネットはまた俺の手を掴んだ。

「君が頼りなんだ。証明のためには、君が……」

ヴィネットの第一印象は何を考えているかわからない奴《やつ》だった。でも話を聞けば彼女なりに色々考えていることがわかった。初めは得体の知れない奴にわけのわからない実験をされるなんてと渋ったけれど、話を聞いたいまなら、そう、彼女の覚悟がよくわかった。

「わかったよ。協力する」

ヴィネットはぱっと顔を輝かせた。

「ありがとう！」

ああ確かにこれならファンがつくだろうなと、そう思った。


実験の準備が必要だ、と言うのでその日はギルド内の宿に泊まり、翌日また店を訪ねた。扉には『本日閉店』の文字があったけれど、裏に回ってベルを鳴らすとアニーが出迎えてくれた。

通されたのは昨日とは別の部屋だ。実験器具やら薬品が置かれている。

ヴィネットは白色のローブを着ていた。きっと実験用の服なのだろう。ところどころ汚れている。やっぱり裏では普通の格好をしているらしい。

机の上にはいくつか注射器が置いてあって俺は少し顔をしかめた。

「これ……アニミウムの合金？」

「そう。アニミウムと鉄の合金。一応『精霊の血』と同じ割合で作ってもらった。これで火の属性が手に入るはず。僕の研究が正しければ」

ヴィネットはその一つを手に取った。

「座って。早速注射するから」

注射、と聞くだけであの日のことを思い出してしまって少しおよび腰になったが、気合を入れて椅子に座った。

「いい？　注射するよ」

俺が頷くと、ヴィネットは針を刺した。

ああ、この冷たいものが流れてくる感覚。

うええ。

目の前がぐるぐると回る。

俺はふらっと倒れそうになった。

「アニー！　受け止めて！」

そんな声が聞こえて、ボフッと柔らかいものに受け止められた。

アリソンを抱きしめた時より柔らかい気がする。

……こんなこと言うと怒られそうだな。

とかなんとか、考えているうちに意識が徐々に薄れていって俺は眠った。


目を覚ますとベッドの上だった。窓から差し込む日は高く、多分昼くらいだろうと思った。ベッドから起き上がると体を動かしてみた。違和感はない。いままで通りだ。

部屋から出るとヴィネットが気づいて立ち上がった。

「よかった、起きたんだ。体調は？」

「問題ない。どのくらい眠ってた？」

「一時間くらい」

前回クソ親父《おやじ》に注射された時は三日くらいだったから、そう考えればかなりアニミウムに体が順応しているんだろう。

「それで火の属性は？　それに、水の属性は？」

それはまだ試してなかった。俺は火のイメージをしてみたが、魔法が現れる様子はなかった。それじゃあ、と今度は水のイメージをしてみた。いままでできてた水の魔法もできなくなっていた。

あれ、単純に消されてね？

「水も使えないんだけど！」

「言ったでしょ、生来の属性は消えるって。でも消えてるってことは多分、合金の効果があったんだよ。まだ慣れないだけで、火の属性が使えると思う。属性持ちの子供でも使えるようになるまで時間がかかる。それと一緒。少し様子を見よう」

それが本当であることを祈る。

経過観察したいから毎日来て、と言われて俺は了承した。途中で投げ出されるのが一番困る。


店を出てしばらく、俺は火の属性魔法が使えないかと軽く魔法を試しながら歩いていた。

すると突然後ろから声をかけられた。

「おい、お前。止まれ」

振り返ると随分ガタイのいい獣人の男が二人立っていた。一人は牛のように角の生えた男で、もう一人は犬みたいな耳が付いていた。二人とも剣をぶら下げている。その後ろには昨日ヴィネットの店で見かけたアニーたちのファンが立っていた。

「ええと、何でしょう？」

「お前、我らが天使アニーちゃんの何なんだ」

「それにヴィネットちゃんにも手を出そうとしているようだな」

二人の獣人が、それぞれ言った。

昨日ギルドの受付が言った言葉を思い出した。

――少し気をつけてくださいね。

気をつけろったってこれは無理だろ。俺何もしてないもん。

「ただの客ですよ」俺が言うと、獣人の後ろに隠れていた男たちが騒いだ。

「嘘《うそ》を吐くな！　今日、店は閉店なのに裏から出てきただろ！」

「昨日だってヴィネットちゃんに笑みを向けられてただろ！　それに腕を抱かれて……。うわあああああ!!」喚《わめ》き散らしている。

めんどくさいなあ。

「何もないです。俺はあの人の研究に付き合ってるだけです」

立ち去ろうとすると角の生えた獣人に肩を思い切り掴まれた。

「痛った」

「まて、お前には正義の鉄槌《てっつい》が必要だ」

……………………正義とは？

と、突然、角の獣人が、腕を振りかぶった。俺は慌てて《身体強化》をして跳び退《の》く。彼の打撃は空を切る。

「あっぶな」

「いまのを避《よ》けるか。反応は良いみたいだな。だが、お前、このアルコラーダで人間が俺たちに勝てると思ってんのか？」

どうやら彼らは俺が《身体強化》を使ったことに気づいてないらしい。いまだに俺を魔法の使えないそこらの人間と同じだと思っているみたいだ。

どうしようかな。逃げようかな。でも逃げたら多分明日も絡まれるんだろうな。

ぶん殴って問題になるのも嫌だしな。

めんどくさいな。

そんなことを考えていたらまた獣人は腕を振り上げた。

一回殴られとけば俺だけが悪いということにはならないだろう。多分。

そんなことを思って、俺は《闘気》を身にまとった。これやっとけば痛くないし、いいかあ。

……俺は忘れていた。

一つは《闘気》というのは水の球を作るように体の外側に魔力を持ってきて発動する魔法だということ。

もう一つは、俺は火の属性を使ったことがなく、まだ慣れていないということ。それにヴィネットの店では発動しなかったが、彼女が言ったように、「水の属性が消えてるってことは多分、合金の効果があったんだ」ということ。

角の生えた獣人の握られた拳が見える。俺は《闘気》を身にまとったつもりだった。

瞬間、魔法が暴発した。

俺の体は火に包まれた。どうやら《闘気》に火の属性が加わってしまったようだった。

熱《あ》っつ!!

と思って反射的に火を弱めようとしたが、遅かった。

獣人は腕を完全に振ってしまっていて、火をまとう《闘気》に腕を突っ込んだらしい。

火が消える。

代わりに獣人の体が火に包まれて吹っ飛んだ。彼はゴロゴロと地面を転がった。そのおかげか奇跡的に火は消えて獣人は仰向《あおむ》けに寝転がった。

アニーのファンたちは転がっていった獣人を見て、それから怯えたように俺を見た。まわりにいた人たちも怯えている。

「おい！　何だ、いまのは!!」

そんな声が聞こえて、見ると獣人の騎士が数人立っていた。彼らは剣を抜いて俺に向けている。

俺は両手を上げた。

「お前だな!?　連行する!!」

どうして!?

俺悪くない!!

ヴィネットが隣で声を押し殺してクツクツと笑っている。

「大変だったんだぞ。殺されるかと思った」

「災難だったね」

俺たちはヴィネットの店に向かって歩いていた。

魔法が暴発したあのあと、俺は騎士の詰め所に連れて行かれこっぴどく怒られた。というより魔物か何かだと思われたようで、剣を向けられたまま尋問された。

俺はヴィネットを呼んでくれと言い続けて、彼女に身元を保証してもらいようやく詰め所から出ることができた。

「二度と問題を起こすなよ！」獣人の騎士は俺にそう言った。

店に着くとアニーがパタパタとやってきた。さっきと同じ応接間のような部屋に通される。

「それで、火の属性が使えるようになったのね？」

「暴発したけどね」

俺が言うとヴィネットはまたクックツと笑ったあと、嬉《うれ》しそうに何かを書き留めていた。

「僕の説は立証された。やっぱりアニミウムの合金が属性を決めるんだ。これで一本論文が書ける」

彼女は立ち上がるとくるくると回って喜んで、俺のそばまできた。

「ありがとう、ニコラ。何かしてほしいことはない？　いまは何でもしてあげたい気分だよ」

「じゃあ一つ頼みがあるんだけど」

「何？」

「どこか安い宿を教えてほしい。この街の宿は高すぎる」

冒険者ギルドでの報酬を見ればわかる。この街の冒険者は高給取りだ。彼らをメインに商売をしている宿は、それに伴って料金を上げている。確かに居心地のいい宿だった。他の街では受けられないサービスばかりだった。マヌエラとドラゴンの卵を孵《かえ》したあの部屋ほどではなかったけれど。

だが、俺にはそんなサービスは必要なかった。ただ眠る場所があればいいから安くしてくれ。貯金だってそんなにないんだ。無駄遣いはしたくない。

「なんだあ。なら家《うち》に泊まるといい。経過観察もし易《やす》いし」

俺は眉をひそめた。

「俺がどうして今日騎士の詰め所に連れて行かれたのか忘れたのか？　お前のファンのせいだぞファンの。というかあれはファンの域を逸脱してるだろ。ここに泊まったら殺されてしまうわ」

「もう目をつけられているんだし、ここに泊まったほうが安全。安い宿に泊まったらそれこそ襲われる。彼らも同じようなところにいるんだし」

「うっ」

「ま、君なら襲われても平気そうだけど」

俺は腕を組んだ。

平気じゃねえよ。めんどくさいんだよ、あれ。また騎士たちのお世話になんかなりたくない。

それに安い宿で襲われて、また魔法が暴発して宿を壊すのもまずい。

……ここなら襲われて魔法が暴発しても文句言われないだろう。

実験をしているのはヴィネットだ。

「じゃあ泊まる」

ヴィネットは頷いた。

×××

火の属性魔法が体に馴染《なじ》んだのは二日後だった。なんとなく水の属性を使ったときとは勝手が違って、少しだけ苦労した。これが生来の属性との違いなのか、それともそもそも火と水では使い方が違うのか、そこはわからなかった。

火のイメージをして体に流れる魔力を感じる。初めはぼんやりとした魔力の流れしか感じなかったがいまは体中、指の先までその流れを感じる。

水の属性は相変わらず使えなくてなんだか少しさみしい感じがする。

そうヴィネットに言うと、

「じゃあ次の段階に進もう」彼女はそう言った。

「次の段階って？」

「二つの属性を同時に使えるのかどうか。人間もエルフも『精霊の血』を二つ以上投与するとアニミウムが致死量に達して死んでしまう。けれどあなたはそれを無視できる」

ヴィネットは一度奥に引っ込むと別の注射器を持ってきた。

「これはアニミウムと水銀の合金でできてる。これで水の属性を取り戻せるはず」

「他の属性はどの合金で作れるか知ってるの？」

「ううん。いま、僕が知ってるのは火と水だけ。他の『精霊の血』は手に入らなかったから」

そんなものなのか。おそらくはアニミウムの合金だと気づいただけでも彼女はすごいのだろう。

「それで、どうする？」ヴィネットが尋ねる。

「やるよ」

ヴィネットは頷くと言った。

「今回は火のときの半分だけ入れる。元々君は水の属性を持っているから、前回と同じ分量を入れると、おそらく、水の属性が大きくなりすぎる。僕の予想では、火と水の属性が拮抗《きっこう》すれば、どちらも消えずに残るんじゃないかと思っている。まずは半分入れて、徐々に増やして拮抗させる」

俺が頷くと、彼女は針を刺して、アニミウムの合金を注射した。またふらっとしたが倒れるほどではなく意識も保っていられる。ただ具合は悪かったので、横にはなりたかった。

俺はまたベッドに横たわって、時間を過ごした。


翌日、暴発しても困るので小さな水の球を出す練習をしていると、突然ぽんっと手の平の上に出現した。イメージしたものよりものすごく小さい。

「おお！」と驚いたのは俺だけじゃなくて、ヴィネットもだった。

「火のほうは!?　火のほう！」まるで初めて魔法を見てはしゃぐ子供みたいに彼女はそう言った。

俺は水の球を消して火の玉を作った。しっかりとそれは手の平の上に形を作った。

「やったー！！」

ヴィネットは両手を上げて大喜びした。いつもは無気力そうなのに、こういうときだけはしゃぐのは彼女の可愛《かわい》らしいところだった。

俺はまた水の球を作ってみる。元々あった水の属性の魔力とは別の感覚だ。これはきっと、『精霊の血』のせいなんだろう。

俺は右手で水の球を作ったまま、左手で同じくらいの魔力の火の玉を作ろうとした。

……同時にはできないらしい。慣れが必要だ。

「同じ量の魔力を流してるはずなのに水のほうが小さい」

「それは多分アニミウムの量が少ないから。もう少し投与して様子見よう」

ヴィネットはウキウキで注射器を取りに行った。


で、投与して数日後、俺は同じ大きさで水の球を作れるようになった。が、まだ同時には使うことができない。これでは魔道具と一緒だ。

何が違うんだろう。

まあ、水の属性をいままで通り使えるようになっただけ良いんだけどね。

ヴィネットはガリガリと紙に実験結果を書いている。

「このくらいの水銀との合金を投与したから、生来の属性は『精霊の血』のこのくらいの分量で……。ってことはこれだけ投与すれば普通の人でも二つの属性を持てるかな……。いや、持てなかったはず」

とかなんとか。ブツブツと言っている。

「ヴィネット。一通り実験は終わったんでしょ？」

「え？　うん。そうだね。まだ謎は残ってるけど、でもうん。慣れの問題かもしれないから」

「じゃあさ、数日ここを空けていい？　ちょっとやらなきゃいけないことがあるんだ」

ルビーをボルドリーに連れて行かないと。

ヴィネットは頷いた。

「いいよ。もし二つの属性を一度に使えるようになったら、すぐに戻ってきてね」

「わかった」

俺は翌日荷物をまとめた。一週間は過ぎていないから大丈夫だろう。

街を出る時に門に立っていたのは俺を捕らえた騎士で、少し顔をしかめたが、すぐに通してくれた。

俺はまた《身体強化》を使って走り出した。これもいままで通り良好に使えている。

走ってラルヴァまで戻ったが、なんだか前より活気がない。静かだ。なにかあったんだろうか。

店はやっていたし人も街中を歩いているが明らかに少ない。

武装している人はほとんど見かけない。

不思議に思いながらも宿に入りルビーの部屋を訪ねると、彼女は俺を見た瞬間安心したように抱きついてきた。俺は驚いてナディアやエイダを見た。彼女たちも少し不安そうだ。

「どうかしたの？」

「大変なことになりました!!　森が……森が抜けられないんです!!　家に帰れない!!」

ルビーはそう叫んで俺の胸に顔をうずめた。

「どういうこと？」俺はわけがわからずナディアに尋ねた。

ナディアもはっきりとはわかっていないようだったが、口を開いた。

「森の安全だったあの通り道に魔物がうようよいるみたいです。多分私たちが抜けてきた時にはすでにそうだったんでしょう。いま冒険者たちが調査をしているところのようですが、まだはっきりしたことは……」

「少し森を見てくる」

俺はそう言って、部屋を飛び出した。ナディアが何かを言いかけていたが、構わず宿を出て、森に向かった。

森の入り口に着くと物々しい雰囲気が漂っていた。騎士たちがテントに集まっている。中には冒険者らしき人の姿もちらほら見える。ここでは獣人の姿はあまり見えない。

俺は耳を澄ました。地響きが遠くの方から聞こえてくる。時々悲鳴のような、威嚇するような、魔物の咆哮《ほうこう》も聞こえる。ナディアの言ったことは本当らしい。

まいったな……。

どうやってボルドリーに戻ろう。

そうして腕を組んで考え込んでいると、聞き慣れた声が聞こえてきた。

「ニコラ……？」

俺ははっと声がした方を見た。

そこにはカタリナが立っていた。

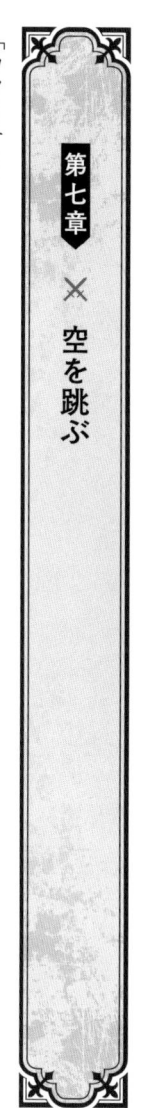

第七章 ✕ 空を跳ぶ

「カタリナ……」

カタリナは全く変わっていなかった。スラリと伸びた両手脚も真っ白な服も、髪も。きっと、中身も。彼女はひどく驚いていた。

「生きていたんですね。ナディアにも会いましたがあなたにまで会うとは思いませんでした」

「ナディアに会ったのか？」

「ええ。私たちもラルヴァに宿を取っているので」

ナディアが言いかけていたのはこのことか。聞いておけばよかったと後悔した。

そこに、ライリーがやってきた。

「カタリナ、何して……」ライリーは見たことのないサーバントと一緒にいた。新しく契約したのだろうか。

「兄さん……、本物なの？」

「ああ。そうだよ」俺はため息を吐《つ》いた。

会いたくなかった。俺を殺そうとした奴《やつ》らになんて。

カタリナが嘲笑気味に言った。

「よく、まだのうのうと生きていられますね。人に迷惑をかけ続けるのに。いまも誰かにおんぶにだっこで生きてるんでしょう？　ローザでしょうか？　ルビーでしょうか？　お金もご飯も恵んでもらって過ごしてるんでしょう？」

随分とはっきり物を言う。まあ、一度殺そうとしたのだし、いまさら取り繕うものもないか。

俺が黙っていると肯定と捉えたのかカタリナはまるで説教でもするかのように人差し指を立てて振った。

「その人が可哀想《かわいそう》ですよ。解放してあげなさい。散々迷惑をかけられた私だから言えるんです」

「そう思いたいなら思い続ければいい。俺たちの契約は終わったんだ。お前はお前で好きに生きればいいし、俺は俺で好きに生きる。もう関わらないでくれ。じゃあな」

俺はとっとと彼女たちから離れようとしたが、ライリーがそれを許さなかった。

「兄さん!!」ライリーは叫んで両手を握りしめて、俺を睨《にら》んでいた。

「あのあと……あのあと、大変だったんだぞ!!　僕はろくに魔法を使えなくなった!!　兄さんが何かしたんだろ!!　そうに違いない。膨大な魔力を持つ兄さんのことだ。呪いくらいかけられるはずだ!!」

そんなことができるなら俺は魔力中毒症にならないだろうが。呪いだって魔法の一種のはずだ。

何かした、というか知らない間に魔力を供給してたのは事実だけど。その意味では何かをしたのはライリーたちのほうだ。

「俺は何もしてねえよ」

「嘘《うそ》を吐くな!!」

ライリーがいきなり大声を出したので、まわりにいた冒険者や騎士たちが怪訝《けげん》そうにこちらを見た。

彼はそのまま大声で続けた。

「カタリナの言う通りだ。兄さんは僕たちにものすごい迷惑をかけてきた。そしていまもかけ続けている。呪いという形でね!! 見た様子じゃ動けるようになったんだろ!? なら、僕たちに償うべきだ!!」

ライリーの顔は真っ赤だった。そして言ってることが支離滅裂だった。

どちらかといえば罪を償うべきなのは殺そうとした君たちでは?

「ライリー、落ち着いてください」冷静だったのはライリーの新しいサーバントだけだった。彼女はライリーの肩に手を置いた。

「……ごめん、ゾーイ。でも兄さんには言わなきゃいけないんだ」

ライリーは深呼吸をした。ゾーイは彼の頭をなでたが、彼はそれを嫌がらない。むしろ喜んで頭をなでられているようだ。

新しいママ、だな。俺はそんなことを思った。

「兄さん、僕にかけた呪いを解くんだ!! どうせカタリナにもかけてるんだろ!?」

カタリナはそれを聞くとはっとして賛同した。

「ええ。……ええ、そうです。私の呪いも解いてください」

俺は頭を掻《か》いた。バカばっかりだ。

俺はおもむろに革の袋に手を伸ばすと、中からアニミウムのブレスレットを取り出した。この際、実験してやろう。革の袋が魔道具だと気づいたのはゾーイだけだった。

「マジックバッグ？」

「なにそれ？」ライリーが首をかしげた。

「魔道具ですよ。非常に高価で簡単には手に入らない。それに……」

「どうしてそんな物持ってるんだ!?」ゾーイの話をライリーは遮った。

「ああ、うるさい。ほら、お前が言う呪いとやらはいま解けてるだろ」

俺はアニミウムのブレスレットを握って、ライリーの方に突き出した。火の属性を消して、水の属性だけを流す。

ライリーは眉間にシワを寄せると、ゾーイに命令して短剣に変えた。

「《流水剣》」彼はそうつぶやく。

と、短剣姿のゾーイが水をまとった。ライリーが人のいない場所に向かって剣を振ると、しっかりと水の斬撃が飛んでいく。しかもかなり巨大だ。

「戻った!!　戻ったぞ!!」ライリーははしゃいでいる。

俺は水の属性を消した。その瞬間、ゾーイにまとっていた水は消え、大きな斬撃だけになった。

やっぱり、ライリーには属性がない。

「あれ……、あれ!?　兄さん!!　また呪いを……!!」

「呪いじゃない。アニミウムのブレスレットは魔力を拡散する。お前はいままで俺の魔力を使ってただけなんだよ。ライリー、お前に水の属性はないんだ」

「そんな!! 嘘だ!! 嘘を吐くな!!」

俺はブレスレットを革の袋にしまいながら言った。

「カタリナ、……それからゾーイだっけ? 気づいてたんだろ? ライリーに水の属性はないって。

……いや、カタリナは気づかないか。ゾーイ、いま魔力量が急激に減ったのがわかっただろ?」

ゾーイは人型になると、気まずそうにこくりと頷《うなず》いた。

「要するにこういうことだ。お前はいままで俺の魔力を自分のものだと思っていた。俺が死んだと思って川に流し、俺がいなくなって魔力が使えなくなった。呪いでもなんでもない。それがお前の本来の能力ってだけだ。わかったらもう突っかかってこないでくれ」

俺は深くため息を吐いた。

ライリーはうなだれてぶつぶつと何かをつぶやいていた。

「嘘だ。嘘だ。これは呪いなんだ」ライリーは俺を睨んだ。

「……呪いなら術者を殺せば解けるはずだ」

また殺そうとすんのかよ。俺はうんざりして目をぐるりと上に向けた。

ライリーはゾーイに短剣になるよう命令したが、ゾーイは渋った。

「どうして短剣にならないんだ!?」

「ライリー、落ち着いて」

「落ち着いてられるか!! こうなったら、カタリナ!!」

「はい!!」

カタリナは意気揚々と呼応して剣の姿になった。俺はいままでこのバカたちと家族をやっていたのかと思うとため息しかでなかった。早くどっか行ってくれないかな。

近くにいた、丸刈りで俺たちより頭一つ背が高い冒険者が流石《さすが》にまずいと思ったのか声をかけてきた。

「おい、暴れるなら他所《よそ》でやってくれ」

その時だった。森の方で大きな音がして、魔物が一斉に走ってきた。ゴブリン、グリーンウルフ、そして、その後ろにトレントが二体。おそらく小物の魔物たちはトレントから逃げてきたんだろう。

「ちっ、仕事か。おい、お前らも戦いに来たんだろ。準備しろ」冒険者はサーバントを構えて行ってしまった。

ライリーは初めて魔物を見るのだろうか、かなり怯《おび》えた様子で森の方を見ていた。俺への怒りはすっかり消えたようだが、俺の視線に気づくと悟られまいと首を横に振って、少し考えてから言った。

「兄さん。ここは協力しよう。兄さんは僕の呪いを解く」

「だから呪いじゃないって」

「いいから聞いて！　兄さんは僕の呪いを解く。その代わり、兄さんのことを守ってあげる。これを乗り切ってからまた話をしよう」

俺は首を横に振った。

「いや、遠慮する。俺は守ってもらう必要ないし。お前は勝手に戦うといい」

「何言って……」

「おい！　そっちに行ったぞ!!」さっきの冒険者が叫ぶ。

見ると一体のグリーンウルフが俺たちの方に向かってきていた。

ライリーはカタリナを持ったまま怯えたように固まっている。多分魔法はちゃんと使えないだろう。

……まあ、怯えていなくても、カタリナは魔法を使えない。

ってことは俺がやらなきゃならないのか。

ああ、めんどくさ。

「兄さん、早く!!　呪いを解いてよ!!　僕が戦う!!　兄さんは何もできないだろ!!」

俺はライリーの話を全く聞かず、腰にぶら下げた鉄の剣を抜くと、炎をまとわせた。

ライリーがぎょっとする。

「それって……」

剣を振る。

巨大な炎の斬撃が、グリーンウルフの方へと飛んでいく。辺りが明るくなる。

一瞬、グリーンウルフは目を見開いてブレーキをかけたが、避《よ》けきれなかったらしい。

斬撃が通り抜ける。炎に包まれた真っ二つの体が地面に倒れ込んだ。

うわ、だいぶ燃えたな。水の塊を出すと、燃え盛るグリーンウルフの体周辺に落としてやった。

じゅわり、鎮火。真っ黒な地面が残った。

よし、これで文句は言われないだろう。

剣を鞘《さや》にしまっていると、まわりからジロジロ見られていることに気づいた。

「おい、見たかいまの……」

「何だよあの大きさ、それに……」

「二つの属性を使った？　そんなことができる人間がいるのか？」

騎士も冒険者も俺を見てる。

いや、仕事しろよ。ほら、魔物が来てるぞ。

ライリーは固まって呆然《ぼうぜん》と俺を見ていた。目の前で手を振ったが動かない。

まあいい。

「じゃあなライリー。もう突っかかってくるなよ」俺はそう言って、彼から離れた。

ここに来た理由は森がどうなっているのか、本当に通り抜けられないのかどうか調べるためだ。

ライリーやカタリナと不毛な会話をするためじゃない。

冒険者や騎士たちは森から溢《あふ》れたグリーンウルフやゴブリンやらを次々に倒していた。問題なのは二体のトレントで、数人がかりで戦っているが、なかなか倒せていない。

……いや、そうでもないな。

優秀な冒険者がいるのかトレントの木の体は徐々に削られていっている。風の属性を使う冒険者が竜巻を作ってトレントを囲い、土の属性を持っている冒険者が石を操る。風に乗った石や砂が、トレントの体を切りつけている。魔力が混ぜられなくてもこういう連携した戦い方ができるのか。

他の冒険者がちゃんと戦っているのを目の当たりにするのは初めてだったから驚いた。

竜巻が消えると、トレントの両腕はなくなり、胸の魔石が露出していた。一人の冒険者が《闘気》を身にまとって飛びかかり、魔石を切り落とした。するとトレントはゆっくりと後ろに倒れ、動かなくなった。

もう一体のトレントは別の冒険者たちによって倒されていた。そちらにも被害はないようだった。

トレントってこんな簡単に倒せるのか？

俺が必死こいて両手にやけどしたのがバカみたいじゃないか。

いや、これが経験の差ってやつなのだろう。冒険者たちはどうすれば対処できるのかちゃんとわかっている様子だった。対して騎士たちはオロオロするばかりで何もできていなかったけれど。

風の属性を使っていた少年は他の冒険者たちに頭をなでられたり肩を叩《たた》かれたりして労《ねぎら》われていた。多分俺と同じくらいだろう。なんとなく、アリソンのことを思い出した。誰かと一緒に目的を達成して、互いに労い称《たた》え合う、そんな関係が恋しくなった。

魔物の襲撃はとりあえず片付いたようで、冒険者たちは素材や魔石の回収を始めた。

森に入ったらあの数が――いや、あれ以上が一度に襲ってくる危険があるのか。俺一人じゃどうにもならないな。火を使ってもいいが、森が火事になったらそれどころじゃないし……。

どうしようかと考えていると、騎士たちの集団に動きがあった。ライリーがいたことからわかるようにここには一部の貴族たちが混じっていた。おおかた「危機に駆けつけたぞ」というポーズをとるためだと思うが、一部は金やら装備やら有用な物を持ってきたらしい。

というのも、集団の脇の方にルフと呼ばれる巨大な鳥の魔物が陣取っていたからだ。ルフはかなり高価だったはずだ。馬何頭分になるか見当もつかない。

俺が見ていると、一人の騎士がルフにまたがり森の向こうに飛んでいった。

近くにいた冒険者にどのくらい飛べるのか尋ねると、

「詳しくは知らないが、人を乗せた状態では森は抜けられないだろうな。途中で引き返してくるはずだ」

と言っていた。ルビーについて知らせてもらおうかと思ったのに、だめか。

仕方ない。俺にはもう一つ考えがあった。それを試そう。

倒したゴブリンやグリーンウルフの処理を冒険者がする間を抜けて歩いていく。ライリーたちはどこかに行ったらしい。恐れをなしたのか、それともやることはやったのか、それはわからなかった。

もう二度と会いませんように、と願った。

叶《かな》わなかったけど。

ラルヴァの街まで戻ると、ルビーの宿に行って状況を説明した。

「ライリーたちと会いましたか」ナディアは少しうつむきがちにそう聞いた。やはりルビーもエイダもライリーたちと会っていたらしい。

俺は地図を取り出して、他に森を抜ける方法はないのか考えた。

森を迂回《うかい》して行ければ、一度ボルドリーまで行って様子を見てから帰ってくることもできるんじゃないか、と思ったがこの森は広すぎる。もしかしたら大陸の端まで森が続いているんじゃなかろうか。どう考えても避けて通ることができず、結局は森に入る必要がある。

「やっぱり、あれをやってみるしかないか」

「あれってなんです？」ルビーは首をかしげた。

「空を、跳ぶんだよ」

「飛ぶ？　鳥みたいに？」

「違う違う。ジャンプするんだ」

俺はエントアの街を囲う壁の高さまでジャンプしたのを思い出した。垂直に跳んだあとに、その頂上で氷の足場を作って、それをまた蹴り、また足場を作って蹴り、を繰り返せば空なんか飛べなくても森を越せる気がする。

「それでボルドリーまで行って、ルビーのことを伝えてくるよ。きっと……いや絶対ボルドリー伯爵は心配してるから」

「でも……もし森の魔物がこの街までやってきたら……」

ルビーは不安そうに俺の袖を摑《つか》んだ。

「大丈夫。騎士たちがいるし、それに、ここの冒険者たちは優秀だ。俺が苦労して倒したトレントを二体も簡単に倒してたし」

俺のことを殺そうとしていたライリーのことが気がかりだが、ルビーにまで手出しはしないだろうと思う。ルビーを守る騎士たち相手に勝てるとは到底思えないし。一応彼らに注意するようには言っておくが。

「本当ですか？」

「ああ。それにルビーの無事を伝えたらすぐに戻ってくるよ」

ルビーは目をつぶって考えたあと、コクリと頷いた。


で、問題は実際に跳べるのかということだったが、俺は結構、楽観視していた。すぐにできるだろ。

ええ、そう思っていたんです。

明くる日の早朝、まだ太陽が昇っていない時間に街の近くでそれを試そうとして、失敗した。高くジャンプすることはできる。が、足場を作って蹴ったら、足場だけが思い切り地面に向かって落ちていって、突き刺さった。

あっぶねえ。

体の半分を守れる盾くらいの大きさの氷がグッサリと地面に埋まっていた。人がいたら死んでたよ絶対。というかラルヴァの街の方に蹴らなくて本当に良かった。壁に突き刺さるどころか建物に飛んでいったらただでは済まなかっただろう。弁償ものだ。

ということはだ、まずは俺が蹴ってもその場に留《とど》まってくれるように、氷を作る必要がある。

とりあえずいつものように宙に水の球を浮かせ、凍らせてみた。これはちゃんと浮かんでる。それは俺が体の外側に持ってきた魔力を変換し、維持しているからで、蹴ったり押したりして力が加われば当たり前のように動いてしまう。

今度はその氷の球を宙に打ち上げてみる。散々練習した運動の魔法を使えば、高く高く氷の球を空に飛ばすことができる。しばらくして、落ちてきた氷の球は地面にぶつかり、ドスッと埋まった。

これがうまいこと使えればいいんだけど。

なにかヒントはないかと思って革の袋から『やさしい魔法』を取り出した。

「あ、これ初版のほうだった」

鬼畜仕様のほうだ。久しぶりに読んでみようとパラパラと捲《めく》った。

確か第一章一節が「二つの属性を混ぜよう」になっていたはずだ。見てみると「火――水属性の混合例」があった。

「ええと、『水の属性は氷になって温度を下げるが、上げることができないので火の属性と混ぜれば沸騰→水蒸気にできる』か。……水蒸気で空って飛べるのかな」

そう思ったけどそもそも属性の混合ができないのだった。できてからやるということで、改訂五版のほうを引っ張り出す。

「ああ……あ？　これ使えばいいのか？」

そこにあったのは感圧式魔法とかいう聞いたことのないものだった。

『魔力を一時的に空間に溜《た》めて、圧力を検知した瞬間に発動する基本魔法』

そこにはそう書いてあった。

「跳びたい方向に飛ばす魔法を空中に作っておいて、それを踏んで跳べばいいのか。わざわざ物理反射みたいなことをしなくてもこれ使えばいけそう、かな？」

蹴っても氷がその場に留まるような、物理反射みたいな魔法をどうやってやればいいかわからない。感圧式魔法もわかんないけど、こっちは本に載ってるし、使えるなら使おう。

魔力を体の外側に持ってきた状態で、運動の練習のときのように宙で回転させる。その状態が停滞状態になる。あとは自分との魔力を切って、浮かんだままになっていればいいらしい。

うん。結構簡単にできた。

触ってみるとパチンとシャボン玉が弾けるように魔力が消えた。いまはまだ何も魔法を使っていないから魔力が単純に霧散したんだろう。

あとは、宙で回転させた停滞状態のときにどんな魔法を発動するかをイメージする必要がある。

俺は投石機とかバリスタみたいな大型の飛び道具をイメージした。あんな感じで俺の体を氷の板みたいなもので跳ね上げる。

地面で魔力を回転させて、発動する魔法をイメージする。氷の板で押し上げるイメージ。魔力を切ってもまだ、回転している。

俺は自分の体に《闘気》をまとわせて、気合を入れた。

よし。

ジャンプして、感圧式魔法を踏む。靴の裏がパキパキと凍ると、ぐんと持ち上げられる感覚。俺の体は宙に投げ出された。

「成功した！　けど!!」

足かせみたいに両足に氷の板がひっついている。それに体がぐるぐる回転して体勢が保てない!!

だんだん具合悪くなってきた。

ドスン、と地面にぶつかった瞬間、俺は嘔吐《おうと》した。

うええ、ぐるぐるする。

俺はその場にへたり込んで揺らぐ視界が落ち着くのを待った。

これ、連続して使うのは無理だ。飛ばされたあとに体勢を保つ方法が必要だ。俺は足にひっついた氷の板を、火を使って溶かしながらそう思った。手から思い切り水を出してそれで体勢を整えるのも一つの案だけど、そんなことをしたら下にいる人も俺もびしょびしょになる。

やっぱり蒸気なんだろうか。火と水の混合魔法。

やってみるか。

凍らせることができたんだから蒸気も同じようにできそうな気がする。俺は水の球を出したあと、それを温めるイメージをしてみた。

うーん。できないな。やはり、水の属性だけでは冷やすことしかできないらしい。

では、と、火の属性を同時に使おうとすると、体の中で魔力が衝突してしまうような感じがする。

要するに、別々の属性を持った魔力を体内で混ぜることができない。

『やさしい魔法　改訂五版』にも載っていたが魔法は循環だ。運動も回転——輪を作ることで発動できる。その循環が途中で止まってしまえば魔法は発動しない。

二つの円を体の中で作るイメージは……だめだな。結局どこかで衝突してしまう。血管がエルフや獣人の魔力循環器官の代わりだからかもしれない。一つの循環で処理する必要がある。

う～ん、と考えているとふと思いついた。

革の袋に入っている火を出す剣は、水の属性だろうが普通の属性だろうが魔力を流せば全部火の属性に変わってしまった。それにアリソンに魔力を流した時、俺が水の属性を流していてもコルネリアはそれを雷の属性に変換して使い分けていた。

思うに「属性を持つ」とは「変換器が体内にあること」なんじゃないか？　人間が属性を持つということは「始めから属性のある魔力を持つ」ではなくて、「属性のある魔力に変換できる」ということなのかもしれない。

魔力が属性の変換器を通ると別の属性に変換される。俺は元々水の変換器を、アリソンは雷の変換器を持っていて、俺が水属性の魔力を流そうが、アリソンが体の中で変換器を通せば雷に変わる。そう考えると、元々魔力の少ないアリソンが巨大な雷の盾を作れたことに合点がいく。もし変換器がなく、俺の水の属性を持つ魔力がそのまま使われるのだとしたら、盾のほとんどは水の属性だったはずだ。

変換。変換ね。

そう思いながら水の属性に変換して、それから火の属性に変換するイメージをして、魔法を出してみた。

あら不思議。火の魔法が出た。なんでじゃ。

二つの属性を混ぜるために「二つの変換器を連続して通す」のはだめらしい。全部最後に通した変換器の属性に変換されてしまう。

でもアリソンとコルネリアは俺が初めて魔力を流した時、二つの属性が混ざった魔法を使っていたよな。水の属性が全部雷の属性に変換されていたならそうはならなかったはずだ。

んー？

俺はアリソンに魔力を流した時のことを思い出した。大量の魔力が彼女に流れて、大きな盾ができていた。

……もしかして、アリソンたちは魔力を全部は変換できなかったのか？

彼女たちが二つの属性の混合魔法を使えたのは、まったくの偶然だろう。アリソンの雷の変換器が俺の膨大な魔力を変換しきれず、「そこから溢れた水属性の魔力」と「変換された雷属性の魔力」が混ざった循環ができてしまったのではないか。

この場合、流れは一つで衝突はしない。

そうか。

ということは、つまり「二つの属性を持った変換器」を作ればいい。

ふむ。

属性は合金でできている、というのがヴィネットの理論で実際にその通りっぽい。俺の中にはいま、鉄との合金と水銀との合金があって、それぞれが火と水の属性の変換器になってるはずだ。

じゃあ、それ混ぜればいいんじゃないか？

別々の合金を体の中で混ぜ合わせて新しい合金モドキを作ればいい。

俺は体の中で火の属性に変換される部分を探してみた。手の平で火の玉を作る瞬間、体のどの部分に変化があるのか。水の属性でも同じように試してみる。どうやら心臓の下の辺りで反応している感じがする。俺はそこに集中して、合金を混ぜ合わせるイメージをする。心臓の下がじわりと温くなる感覚。

よし。

火と水の混ざり合った魔力で、水の球を作る。

温度を上げる、上げる。

ボコボコと水の球の中に空気が浮かぶ。

水蒸気が出る。

できた!!

これを使って、思いっきり水蒸気を出せば!!

と思ったが突然、水が発火した。

「は?」

いや、おかしいだろ。なんで水が燃えるんだ? 油じゃないのに……。

そういえばと俺は思い出した。

アリソンと魔法を使った時、水に電気が流れていた。純粋な水はほとんど電気を流さない。では
アリソンとコルネリアが使った魔法ではどうして水が電気を流したのか。

何か空気中のものが混じったから、というより、おそらくあれは「電気を流しやすい水」だったのだろう。そしていま、俺の目の前で水が燃えている。これは「燃えやすい水」だ。

別の言い方をすれば「火の属性を伝導しやすい水」。

つまり、もしかしたら、二つの属性を混ぜたことで、水の性質が変化したのではないか？

こんな使い方もあるのか、と思うのと同時に、これ勝手に発動すると困るなと思った。油みたいな水を被った状態で火がついたら死ぬ。

ただの水で水蒸気を出す。それを意識して、俺は手の平から水蒸気を出そうとした。

が、

「熱っつ!!」

すぐに中止した。ダメだこれ。そもそも蒸気が噴出しない。モワモワ出るだけで、全然力を感じない。推進力になるくらいの勢いが必要なのに。

俺は両手を氷水に入れてぐったりした。うまくいくと思ったのになあ。

考える。

鍋に蓋をすると蒸気がシュンシュンと出て蓋を押し上げる。あれは鍋の中で蒸気が満杯になって、圧力がかかり、外に飛び出すから蓋が動くんだ。ということはだ、小さい体積の中で水蒸気を作って、それを外に放出することで力を得れば良いのでは？

これでやってみよう！

と、店が開く時間まで待ってから、俺は武器屋に向かった。

「すみません。鞘を二つください」

「は？　剣じゃなくて鞘だけ？」

「鞘だけ」

店主は怪訝な顔をしていたが、同じものを二つ用意してくれた。いい人だ。礼を言って、また街の外に出ると両手で鞘を持った。

考えはこうだ。

鞘の中で水蒸気を作り出し、鞘の入り口から蒸気を噴出させれば十分な推進力になってくれる、はず。一緒に革の手袋も買ったので、熱さ対策も解決済みだ。

まずは実験、と一本の鞘を持って水蒸気を作り出す。しゅうしゅうと音を立てて、鞘の入り口から蒸気が噴出。熱い。手を離すとシューンと空に飛んで落ちてきた。

よしよし。

やるぞ。

さっきと同じように地面に感圧式魔法を使い、《闘気》を身にまとう。

感圧式魔法を片足で踏んで体が宙に投げ出される。感圧式魔法に使うのは氷じゃなくて、属性のないただの魔力で十分だといまさらながら気づいた。

ぐるぐると回る体。

その瞬間、鞘から蒸気を噴出して、体勢を整える!!

腕がぐんと引っ張られる。回転が徐々に収まる。

そして、体勢が整う。
よし。
よし!!
俺の体が落下する。その前に足元に感圧式魔法を発動。
鞘の蒸気が噴出するのと同時に踏む。
跳ぶ。
今度はまっすぐ跳べた!!
よし!!
行ける!!
これで森を抜けられる!!

×　×　×

私はライリーを軽蔑しました。
やっぱり私の考えは正しかったんです。ライリーは水の属性を持っていない。持っていたのはニコラでした。ライリーはずっと呪いだと言っていましたが、ニコラの言った通りそんなことができるなら、ニコラは魔力中毒症で苦しむことはなかったでしょう。
いままで私に散々命令して、どうして水の属性が出せないんだと文句を言っていましたが、あれはライリーが悪かったんです。それが証明されました。

私はやっぱり無能じゃない。ライリーが間違っていただけです。

いえ、私も一つ間違いを犯していました。ニコラへの評価です。

ニコラは水の属性だけでなく、火の属性も扱える人間でした。私はそのことに気づくことができませんでした。いえ、きっと前までは火の属性を持っていなかったんです。もし持っていれば敏《さと》い私は気づいたはずですから。

彼はずっと魔力中毒症に苦しんでいましたが、健康になり、自分の力に目覚めることができた。しかも、サーバントを使って、グリーンウルフまで倒してしまいました。

そう、彼はやっと私にふさわしい契約者になることができたんです。

惜しむらくは、仮のサーバントと契約してしまったということですが、まあ、私が「契約してあげましょう」と言えばきっとすぐにそのサーバントとの契約を破棄するでしょう。

だって、ニコラは、ずっと私を必要としてきたんですから。私がいないと何もできなかったんですから。

いまのニコラに比べればライリーはひどいものです。

馬車の中で私の向かいに座る彼は、ゾーイの手を握ってうなだれています。ゾーイは彼の頭をなでながら猫なで声で彼を慰めています。

「よしよし。大丈夫大丈夫」

「兄さんが……兄さんが呪いを解けば……僕だって……。でも兄さんには勝てない……アレを見ただろ？　僕はもう、だめなんだ……。ゴブリンだって倒せない臆病者だ……」

実はあのあと、一匹のゴブリンがライリーのところに走ってきたのです。ライリーはあろうことか私を投げ捨て、ゾーイを手に持って構えました。しかし、彼は何もできませんでした。怯えきっていたのです。

結局、騎士が現れて、ゴブリンを倒しどこかに行ってしまいました。

ライリーはその場にへたり込み、そのままゾーイに連れられて馬車までやってきました。

なんて情けない。私を放り投げてゾーイを使ってそれですか？

というか、ゾーイは何をしていたんでしょう。

私に散々無能だと言っておいて、彼女のほうこそ無能なんじゃないでしょうか。そうに違いありません。もうこんなバカで無能な二人にはうんざりです。

私たちの馬車はラルヴァに着きました。貧相な街ですが、良い宿があって、ライリーはそこに二つ部屋を借りていました。ライリーとゾーイで一部屋。私が一部屋です。きっと部屋でおぞましいことをやっているのでしょうが、もうどうでもいいです。

ニコラはどこの宿に泊まっているか知りません。ルビーと同じでしょうか？

探そうかと思いましたが、どうして私が？　ニコラが私を探すのが普通です。

まあきっと、明日になれば今日と同じように森の前に姿を現すでしょう。

私を求めて。

明日、ニコラに会ったら契約の話をしましょう。私を頼りにしているのですから、本来ならニコラが私にお願いするのが筋ですが、きっと今日は新しいサーバントに気を使って言い出せなかったのでしょう。

優しい私は彼にきっかけを作ってあげるんです。

第八章 ✕ ホムンクルス

朝のうちに空を跳ぶ方法を思いついたので、俺は単身、昨日と同じように森に出発した。走って向かい、森に着くとすでに騎士やら貴族やらが待機していた。どうやら騎士の何人かは夜通し森を監視していたらしい。松明《たいまつ》の跡がある。

体をほぐして、鉄の剣などを袋に入れ森を抜ける準備をしていると、一人の女性が近づいてきた。俺はその姿を見て顔をしかめた。

「何の用だ、カタリナ。いま忙しいんだ」昨日と同じような光景だ。

「何って、少しお話がしたかったんですよ」

何考えてんだこいつ。気味が悪かった。俺は最大限の警戒をした。いつでも《闘気》と《身体強化》を使えるように準備した。

カタリナは俺に近づくとあろうことか俺の腕を抱いた。

気色悪い。すぐに振り払った。

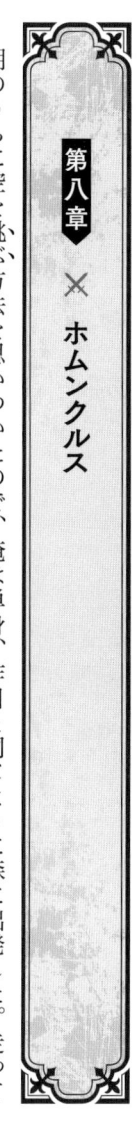

「痛いですよ、ニコラ」

「何してんだ、お前」

「何って……ええ、確かに順番が違いましたね」

俺はカタリナを睨《にら》んだ。この時点でだいぶ苛《いら》ついていた。触られるだけでおぞましいのに、猫なで声まで出していて鳥肌が立つ。

「ニコラ、私はいまのあなたを認めてるんですよ。本当にダメだったあなたは私のために頑張りました。健康になって、サーバントを使い魔法も使えるようになって、しかも属性を二つも手に入れて戻ってきました。頑張りましたね、ニコラ」カタリナは微笑《ほほえ》みを浮かべた。

私のために？　どの口でそれを言ってるんだ？

カタリナは何かを探すように俺のまわりを見て、体をしげしげと見つめてから続けた。

「サーバントは持っていないようですね」

「当たり前だろ」

俺が言うとカタリナは一層笑みを深くした。

「昨日まで持っていたのに、いまは持っていないということは……私とまた契約するためですよね？　やっぱりあなたは私が必要なんですね」カタリナはまた俺の腕を抱いてきた。

「契約してあげましょう。特別ですよ」

契約？　契約って言ったか？

こいつ自分がしたことを忘れたのか？

頭の中お花畑だ。

俺はまた腕を振り払った。カタリナは不満そうな顔をした。

「何するんです？」

「お前、俺にアニミウムを注射しただろ？　忘れたのか？　俺はもうサーバントと契約なんてできないんだよ」

カタリナは眉根を寄せた。

「嘘《うそ》を吐《つ》かないでください。あなたは昨日魔法を使ってましたよね？　サーバントと契約してる証拠じゃないですか」

「俺はサーバントと契約しなくても魔法を使えるんだ。なぜできるようになったか説明する気はない」俺はため息を吐いて、「とにかく、俺はサーバントと契約できない。お前らのせいでな」

カタリナは一瞬両手を握りしめたが、すぐに緩めると言った。

「そうですか。……でもきっと治す方法はありますよ！　一緒に探しましょう？　治れば私とまた契約できますよ？　素晴らしいアイディアだと思いませんか？」

こいつは本当にバカなんだ。

「カタリナ」

「なんでしょう？」

「仮に俺がサーバントと契約できたとして、どうしてお前とまた契約すると思ってるんだ？」

「え？」カタリナはキョトンとした。「そんなの当たり前じゃないですか。ニコラは私を必要としてる。私がいないとダメじゃないですか。だから、あなたは私と契約するんですよ。そうでしょう？」

「あのなぁ……」俺は深くため息を吐いた。

「俺のこと見捨てておいてどうしてそんなことが言えるのか理解に苦しむ。いいか、カタリナ。俺はお前なんて必要ないんだよ。というか近づくな、気味が悪い」

「私が……必要ない？　気味が悪い？」

彼女はその言葉を反芻《はんすう》して、そして、顔を赤くした。

血が通っていないはずなのに、血管が浮いているようにさえ見えた。

「下手《したて》に出ていればいい気になって!!　いいですか!?　あなたは私がいなければ何もできないんですよ!?　やっと手に入れた力でしょう？　その力は私のために使うべきです!!　体が弱くてろくに運動ができないあなたは、いままで私に散々迷惑をかけてきたんだから!!」

流石《さすが》に声を荒らげすぎている。冒険者や騎士がまた俺たちを見ている。俺のまわりでは常に問題が起きる、と思われているかもしれない。

俺はカタリナを睨んだ。

「俺が健康を損ねていたのは、お前が原因だろ？　お前が魔法をしっかりと使えていれば、俺は週のほとんどをベッドで過ごすことはなかった。俺は魔法を使おうとした。お前はやる気がなく断った。だからあの状態だったんだ」

「私のせいですか？　あなたの魔力のせいでしょう？　何を言ってるんですか？　あなたが悪いんですよ」

ああ、水掛け論だ。

俺は首を横に振った。

「とにかく、お前と契約できないのは事実だ。それに、この体を治す方法もない。善悪も気持ちも関係なくそれは事実なんだ。わかったらライリーのところに帰れ」

カタリナはぐっと口を閉じた。

「ライリーはもうだめです。完全に自信を失っています。あれからずっと、ゾーイがなだめすかしていますが、どうにもなりません」

「お前も一緒になだめればいい」

カタリナはキッと俺を睨んだ。

「そんなことしません。バカみたいでしょ?」

すげーなこいつ。徹底してる。

カタリナは苛ついたように地面を蹴った。

「いまはライリーのことはどうでもいいんです。私とあなたの話が重要です。あなたはきっとすぐに私の必要性に気づくはずです。……待ってます」

「必要ないって。とっとと失《う》せろ」

カタリナはぎょっとして更に顔を赤くした。もうほとんどどす黒かった。

「後悔しますよ!?　泣いてすがるようになってからでは遅いんですからね!?」

カタリナはそう言い捨ててスタスタと行ってしまった。いまさらすがろうとしてるのはお前だろうよ。

どっと疲れた。どうして森を抜ける前にこんなに疲れなければならないのか。

俺は鞘《さや》のチェックをして気を紛らわせると、森の前まで歩いていった。

朝の感じを思い出す。

感圧式魔法を展開して、《闘気》を身にまとう。袖をまくると鞘から蒸気を出して、その威力を調整する。

よし。

飛び上がる前に、魔法に巻き込まないようにまわりを確認するとまだカタリナが遠くの方から俺を見ていた。本当に何を考えているのかわからない。

感圧式魔法を踏む、俺の体は宙に投げ出される。高く跳び、森が眼下に広がる。次の感圧式魔法を足元に、発動、前方に跳ぶ。何度も何度も繰り返しているうちに、だんだん威力の調整ができるようになって、俺はまるで空中を大股で走るように跳んでいった。鞘が杖《つえ》みたいで山登りしているような動きだった。

ボルドリーからアルコラーダに向かう時に通った道がちょうど真下に見える。これを逆にたどっていけば迷わず着くはずだ。ぴょんぴょんと飛んでいると森の向こうの端が見えてきた。

それと同時に、俺は左手に見えるものにぎょっとした。

……なんだあれ。

それは岩でできた柱だった。柱と言っても人工的には見えない。何か無理やり地面を隆起させたような、ものすごく細長い岩の塊だ。森の中にボコボコといくつか見える。

それほど高いわけではないから森の外から見ることはできないだろうが、木々よりは高く、空を跳んでいる俺から見れば十分目立っていた。

あれが原因なんだろうか。俺はそちらに向かって跳んでいった。

木々の間ににょきにょきと生えた岩の柱の近くに俺は着地した。近くで見るとものすごく高く大きく感じる。まわりに生えている木の幹の数倍は太い。触れてみたがやはりただの岩のようだ。自然にできたのではなく多分魔法によって作り出されたのだろう。人工的には見えないがこんなものが突然森の中にできたのは不自然だ。

この前森を抜ける時に大きな音がしたのはこの辺りなのかもしれない。岩の柱は見えなかったけれど。

調べるために岩の柱のまわりを歩く。木が倒れたり、柱の中に埋まったりしている。

いくつもある岩の柱をそうやって観察していると、近くにあるものを見つけた。

「……サーバントか？」

一つはメイスで、もう一つは大剣だった。二本ともひどくボロボロで至るところが欠けていた。

持ち上げただけで壊れてしまいそうだった。死が近い。

サーバントだと気づいたのは、その武器たちが苦しそうに呻《うめ》いていたからだ。

まだ生きている。

じゃあ、契約者はどこだ？

俺はかがみ込んでサーバントに声をかけた。

「なあ、聞こえる？　まだ意識はある？」

「あ……ああ。人間か？　人間なんだな？」メイスのサーバントがかすれた声でそう言った。

「頼む、俺たちを壊してくれ。もうこんな苦しみは耐えられない」

「ここで何があった？」

俺が尋ねると大剣のサーバントが叫んだ。

「食われたんだ!!　俺たちの契約者はあいつに!!　あのサーバントに!!　あいつは自分の契約者を食ったあと、一人で魔法を使えるようになったんだ!!　俺たちは太刀打ちができず、契約者を守れなかった！　食われるのをただ見てることしかできなかった！　それからだ。あいつが魔法を使うたびに、ひどい痛みが体に走るんだ!!　お願いだから、俺たちを壊してくれ!!」

食われた？

その時俺はマヌエラの言葉を思い出した。初めて彼女に出会った時に言われた言葉を。

──何じゃこの膨大な魔力は。答えろ、おぬし、何人食った？

マヌエラは「サーバントを伴わず魔法を使う俺」を見てそう言った。人間は一人で魔法を使うことができない。それは周知の事実だ。では、マヌエラは俺を何だと思ってそう言ったのか。

……サーバントだと思ったんだ。

「サーバントは、契約者を食らうと、一人で魔法が使えるようになるのか？」

「そうらしい。なあ、お願いだよ。早く壊してくれ。あいつが目を覚まして、また暴れまわる前に」

「その、人を食らったサーバントはいまどこにいるんだ？」

「わからない。ただ、食われた契約者たちが死んでないのか、契約が切れていないんだ。だから俺たちは生きてて、苦しみだけが襲ってくるんだ。早く逃れたい」

詳しい情報はわからない。ただ、混乱の原因はその契約者たちを食ったサーバントかもしれないということはわかった。

「お前たちはどこから来たんだ？」

「ボルドリーだ。契約者たちは冒険者だったんだよ。強欲で無謀な男だった。それで、失敗して……。契約者たちは死にそうだった。その時にあのサーバントが契約者を食ったんだ。爆発的な魔法で魔物を倒すことはできたが、そのあと、あいつは暴れまわって……。まだ人の形は保っていたが、かなり体がでかくなっていたよ」

「そいつの特徴は？」

「食われた契約者の男は腕に討伐したCランク以上の魔物の数の傷が入っていた。縦に四本、それを消すように斜めに一本だ。サーバントのほうは頬《ほお》から額にかけて鳥の入れ墨が入った男の姿をしている。入れ墨はサーバントの元の姿、斧《おの》に刻まれた模様だ。いまはどっちの姿をしているかわからないが」

「そうか。ありがとう」見かけたら注意しないと。

色々と聞くことはできたが、彼らも巻き込まれたサーバントだ。すべてを知るわけじゃない。

「いまから壊してやるが……本当にそれでいいんだな？」

「俺たちの契約者はもう死んだようなものだ。解放してくれ」

メイスと大剣のサーバントはそう言った。

俺は二本のサーバントを持ち上げた。ボロボロとかけらが落ちる。

「やるぞ」

「ああ。ありがとう」二人のサーバントはそう言った。

少し力を入れるとすんなりと、真っ二つに折れた。これでは壊れるのも時間の問題だっただろう。亡骸《なきがら》は革の袋に大切にしまった。ボルドリーのギルドに持っていこう。

俺は深くため息を吐いた。「人を食らったサーバント」が気になった。これだけ巨大な岩の柱を何本も作れるんだ。相当危険な存在に違いない。

高く跳躍すると、俺はボルドリーへと向かった。

森を抜けるとボルドリー側はかなり静かだった。ラルヴァ側とは違い、調査のために冒険者や騎士が来ていないらしい。様子を探りながら、着地してボルドリーに向かった。

「……なんだこれ」

ボルドリーの門は破壊されていた。街を囲う壁に被害はなかったものの、森の中で見た岩の柱が門のアーチを完全に崩していた。男たちが岩の柱を崩そうとしている中、門番らしき男が立っていたので話しかけた。

「これって……」

「襲われたんだ。数日前にな。魔物か、何かはよくわからない。人型だったのはわかったが。突然やってきて、門から冒険者ギルドまで一直線だよ。冒険者ギルドは壊滅状態だ」

「ローザ……領主様たちは？」

「彼らは無事だよ。まったくなんだったんだあれは」

門番は俺を中に通してくれた。彼の言った通り、確かに門から冒険者ギルドまで道が開いていた。途中にあった建物が壊されて、冒険者ギルドには岩の柱が何本も立っている。人々は復旧のためにせっせと働いている。彼らの間を抜けて冒険者ギルドの前まで行くと、ボルドリー伯爵が誰かと話していた。

彼は俺に気づくと驚いた様子でやってきた。

「ニコラ？　……ニコラか⁉　生きてたのか⁉」

「ええ。なんとか。それよりもっと重要なことが。ルビーに会いました」

「ルビー⁉」伯爵は俺の両肩を摑《つか》んだ。「無事なんだな⁉」

「ええ。いまはラルヴァにいます。一緒に森を抜けました。怪我《けが》もなく無事ですよ」

「ああ……！　よかった……‼」

やっぱり心配していた。うちのクソ親父《おやじ》じゃあこうはいかないだろうな。ライリーに対してはどうだか知らないが。

「ありがとう、ニコラ」

「失礼っスが、どうやってラルヴァからここに？」

先程まで伯爵と話していた男が俺に尋ねた。細身で三十代くらい。冒険者には見えなかった。無《ぶ》精髭《しょうひげ》で不健康そうだった。

「ええと、森の上を跳んできました」

「ルフでっスか？　乗せてくれる人がいたんスね？」

「いえ。魔法で」

「魔法で!? そんなことができるのか？」伯爵は驚いていた。

「ええとそれで、あなたは？」俺は冒険者には見えない無精髭の男に尋ねた。

「俺はここのギルドマスターみたいなことをしてる、ハリーっス」

彼は無精髭をさすりながら続けた。「で、森の向こうってどうなってたっスか？ 連絡が取れないんでどうなってるのか知りたいんス」

「魔物が森から溢《あふ》れ始めてて、色々調査をしようとしてるとこでしたよ」

ハリーは顔をしかめて、伯爵を見た。表情を険しくしたのは伯爵も同じだった。

「まずいっスね。もう向こう側まで……」

「魔物は冒険者たちが食い止めてたのでルビーは大丈夫だと思いますが、早めに戻ります。ああ、それと……」

俺は思い出して、革の袋から二人のサーバントの亡骸を取り出した。ハリーはそれを受け取って注視した。

「サーバントっスか？」

「ええ。森の中で見つけました。ギルドに刺さってるこれと似たような岩の柱が森にあって、気になって見に行ったらその二人が呻いていたんです」

「この二人のサーバントから何か聞いたっスか？」

俺は二人から聞いたことを話した。ハリーは顔をしかめてその話を聞いていた。

「やはり、『ホムンクルス』っスね」

「なんです、それ」

「……ここで話すのはちょっと。まわりを必要以上に不安にさせたくないんス」

「では城に向かおう。……ニコラ、ローザに顔を見せてやってくれ」

俺は少し考えてから、頷《うなず》いた。

少しの距離だったが馬車に乗って城に向かった。

俺はまだためらっていた。元々ここには来ないつもりだった。色々あって、仕方がなくここに来てしまった。ローザにとって、俺はすでになんの関係もないのに会ってもいいのだろうか。

そんなことを考えているうちにあっという間に馬車は城に着いた。ゴロゴロという音を聞いたのだろうか、ドアが開いて一人の少年と一人の少女が現れた。

そう、グレンとローザだ。

伯爵とハリーが馬車から降りたあと、少しだけ息を吐き出して、俺は外に出た。

グレンが口を開きながら馬車の方にやってきた。

「おかえりなさい、なにか発見はありましたか、とローザは言って……」

グレンは俺の姿に気づいて、はっとして、ローザを振り返った。

ローザは一瞬何のことかわからず、顔を上げて俺を見た。

「ニコラ……？」彼女の声を久しぶりに聞いた気がする。思えば最後に会ってからもう何ヶ月も経《た》ってしまっていた。

彼女はまるで俺が消えてしまう幻なんじゃないかと疑うようにゆっくり歩いて近づいてくると、俺の手に触れた。びくっと彼女は驚いたように身を揺らし、俺を見上げた。

「本当に……？」

「俺だよ。ちゃんと生きてる」

ローザは顔を歪《ゆが》ませて、ボロボロと涙を流した。

「ニコラ……、ニコラ……」ローザは俺の胸に頭を当てて泣いた。

こんな反応をされると思っていなかった。あんなふうに拒絶したのが最後だったからもっとぶっきらぼうにされるかと思っていたのに……。

会ってもいいのだろうかという考えは吹き飛んで、もっと早く会いに来ればよかったと強く思った。


俺たちは応接間に通された。ローザが俺の隣に座って、向かいに伯爵とハリーが座った。ハリーはニヤニヤしていた。

「青春っスねえ」

伯爵は額に手を当てて呻いた。

このギルドマスターは権力を恐れていないらしい。もしかしたらこの砕けきった敬語を使うことで不遜な印象を軽減しているのかもしれなかった。成功しているかは知らないけれど。

俺がルビーの話をするとローザはひどく心配そうな顔をした。

「怯《おび》えてなかった？」グレンがローザの言葉を話す。

「不安そうだったけど、騎士や冒険者たちもいるし、それに俺もすぐに戻るつもり」

ローザは下唇を噛《か》んだ。

「私も行ければいいんだけど……」

「いま、森は危険だ。『ホムンクルス』とかいう奴がいるみたいだし」

「『ホムンクルス』って？」

そう尋ねられて俺はハリーの方を見た。彼は咳払《せきばら》いして、ニヤニヤを抑えると話し出した。

「『ホムンクルス』は人間を食うことで際限なく魔力を増幅できるサーバントっス。ものすごい昔からいるみたいっスね。長年エルフに嫌われてるっス」

際限なく魔力を増幅できる……。そしてエルフたちが嫌っている……。

——なんじゃこの膨大な魔力は。答えろ、おぬし、何人食った？

マヌエラは確かそう言った。彼女は知っていたんだ。ホムンクルスが魔力を増幅できることを。

初めて会った時に彼女が俺を危険視したのも無理はない。

伯爵は怪訝《けげん》な顔をした。

「……随分詳しいな」

「いや、まあ、前職で色々調べたっスから」

前職が何なのか気になったが、ハリーは話を進めた。

「『ホムンクルス』は特殊なサーバントっス。普通のサーバントはアニミウムから作られたあと、『祝福』を受けて人格を持ち、『契約』をすることで人型になるっスが、どうもその『祝福』の部分が違うみたいっスね。詳しくは知らないっスけど」

伯爵は更に眉間にシワを寄せた。

「お前、本当に知らないいんだろうな？」

「知らないっスよ。というかそもそも普通の『祝福』すらよくわかってないんスから」

ハリーは鼻を掻《か》きながらそう言った。

「冒険者の一人が持っていたのは特殊なサーバントで、誰かが意図的に作ったものだったということですよね？」俺が尋ねるとハリーは頷いた。

「そういうことになるっス」

「その冒険者はどこでそんな物を手に入れたんでしょう？」

「それは……調査したいんスが、襲撃の時に冒険者も結構やられてしまって、難航してるっス。彼が新しいサーバントを自慢していたという話は聞いたんスけど、出どころまでは……」

「その冒険者の前のサーバントは？」

「壊れてしまったみたいっス」

壊れる、ね。相当無茶《むちゃ》な使い方をしたんだろう、きっと。

パーティメンバーも食われてしまっているし、確かに調べるのは困難かもしれない。

ハリーは続けた。

「あのホムンクルスはまた襲ってくるかもしれないっス。襲撃された時、俺たちはホムンクルスを追い払ったわけではないんスよ。あいつは勝手に壊して勝手に逃げていったんス。何をしたかったのかわからないんスよね」

「冒険者ギルドに恨みがあったんじゃないですか？」

「少しはあったかもしれないっス。彼はいつも『どうして俺を評価しないんだ』って愚痴っていたみたいっスから」

小さな恨みだ。門を破壊して、ギルドまで破壊するほどのものではない。

「不幸中の幸いは、まだあいつが魔力の増強に執着していないことっス。もしくはそこまで詳しく知らないのか……。もし増強しようとしていれば、ギルドや街の人間は食われていたはずっスから」

「また街を襲うかもしれないというのはそういう……」

「ええ。人間を食って魔力を増やそうとし始める前になんとかする必要があるっス」

いま、ホムンクルスが食ったのは三人。魔力三人分であの威力だ。もし、もっと多くの人が食われれば絶対に手に負えなくなる。ボルドリーの街一つを失うかもしれない。そして、そのあとはエントアもラルヴァも、他の街も全部滅ぼされるかもしれない……。

いま、ボルドリーの冒険者ギルドは壊滅状態だ。立て直すには時間がかかる。騎士たちはいるが、またいつホムンクルスが襲ってくるかわからない以上、街を守ることを優先するべきだ。森の調査にまでは人員を割けないだろう。

「俺が、ホムンクルスを探します。どちらにせよ、ルビーのところに戻らないといけませんし」

伯爵もローザも少しためらいがちだったが頷いた。

「君なら適任っス。空を跳べるのは大きい。ただ、あくまで調査をしてほしいっス。倒すのは、難しい。ホムンクルスは人を食えば食うだけでかくなるっス。いまの被害は三人なのでそれほど大きくないっスけど」

そう言われて俺は疑問に思った。そもそも倒せるのか？

サーバントが死ぬのは、元の体が破壊されたときと、契約者が死んだときだ。人型のサーバントは胸を刺されようが首を切られようが死なない。あくまで元の体が破壊されたときのみ、死に至る。人を食ったサーバントが元の体に戻るなんて思えない。

俺はその考えをハリーに話して、尋ねた。

「ホムンクルスは、どうやったら殺せるんです？」

「契約者の心臓を突き刺すんス。ホムンクルスは人間を食ったあと、その心臓を自分の物にするんス。食った人数分、心臓が増えるっス。体のどこにあるかは、わからないっスけど」

「それって、つまり、心臓を一つ突き刺しても、それが契約者のものじゃないかもしれないってことか？」伯爵が尋ねると、ハリーは頷いた。

「そうっス。確実に殺すにはすべての心臓を突き刺す必要があるっス。運が良ければ一つ目で殺せるっスけど」

「契約者の心臓を突き刺したあと、別の心臓の主を契約者にするってことはないのか？　そうなったら、結局全部の心臓を突き刺さなければならない」

「それはないっス。『サーバントは一度に一人としか契約できない』っスし、『契約者が死んだ瞬間サーバントは死ぬ』っスから。それに『サーバントから契約を破棄することはできない』っス。結局ホムンクルスになった時点で本物の心臓は一つだけっス」

体のどこにあるのかわからない心臓を突き刺す。それも食われた人数分。

一人でやるのは確かに難しい。

「無理に倒しはしません。ただ、凍らせて足止めくらいはできると思います」

「助かるっス。位置が特定できればこちらの損害も少なくすむっス」

俺はハリーからホムンクルスの外見的な特徴を聞いたが、それは森で死にかけていたサーバントたちから聞いたものとほぼ同じだった。

ハリーはギルドに戻っていった。まだたくさん仕事が残っているようで忙しそうだった。ボルドリー伯爵はローザに言った。

「襲撃があった直後も言ったが、ここは危険だ。いつまたアレが襲ってくるかわかったものじゃない。避難するんだ」

「嫌です、私も戦います」ローザはグレンを通して言った。

「ルビーが少しでも早く帰ってこれるように。魔物が減らないと、それだけあの子が帰ってくるのが遅くなる」

「だが……」伯爵は心配そうな顔をしたが、ローザは続けた。

「それに……、もうただ待っているだけなのは嫌なんです。ニコラが危険な目に遭っているのに、私が何もできないのは……嫌。私はニコラが廃嫡《はいちゃく》されて死の危機にあるのを知ることすらできなかった。でもいまは手伝える。知らないわけでもただ見ているわけでもない」

ローザはまっすぐに父親の目を見た。

「私だって戦えます。……それは僕もです」

グレンがそう言った。彼が自分の言葉を話すのは久しぶりで、俺は少し驚いた。

伯爵はグレンを見て、それからローザを見た。二人の目には決意が宿っていた。

「……わかった。絶対に無理はするなよ」

ローザとグレンは頷いた。

「本当に避難しないの？　危険でしょ？」伯爵が出ていったあと、俺はローザに尋ねた。

グレンが口を開く。

「何を言っているの？　ニコラのほうが危険でしょ？」

「そうだけどさ」

「それに、忘れたの？　私はボルドリー伯爵家の娘なのよ」

俺は小さく息を吐き出した。

ボルドリー伯爵家は代々、サーバントに関して優秀な人物が多かった。武力至上主義であるクソ親父が縁を作るために連れてくるのも頷ける。ただ、属性を持たない家系であるためにクソ親父たちは少し下に見ていたようではあったけれど。

で、中でも現当主の長女、ローザ・エリザベス・ワナメイカーはサーバントの扱いに関して言えば天才の域に達していた。

そもそも、『自分の言葉を直接サーバントに言わせる』などという芸当を日常的に、息をするようにできる時点で常軌を逸している。どれだけサーバントと感覚も思考も共有できているかがよくわかる。戦闘の経験こそ乏しいが、訓練すれば並の冒険者や騎士などすぐに追い抜かれてしまうだろう。

というより、実際追い抜いた。

ローザは十二歳のときに家族を連れず、森を抜けることに成功した。ルビーがやった『度胸試し』だ。その準備のために少し訓練をしたらしい。訓練を開始して数時間で彼女は魔法を使いこなした。《身体強化》はもちろんのこと、俺が一ヶ月苦戦した《闘気》までもその日のうちに使いこなしたらしい。

はっきり言ってバケモンだった。俺の一ヶ月を返せ。

騎士の中には《闘気》を使えない者も当然いる。絶望しただろうなと思う。しかも、いまのローザは《探知》で魔力の流れまでわかるというから驚きだ。

ボルドリー伯爵家にはこういう子供が生まれるために、サーバントを持たせるのは十二歳以降と決めていたらしい。サーバントを一方的に使役できてしまうがために、その関係が悪化するのを恐れていたようだ。

だから、ルビーは十四歳になるいままでサーバントを持っていなかった。森に入りたがらなかったというのも一つの理由だが。

ローザは十歳のときにグレンと出会った。本来なら十二歳のときに契約するのだが、彼女はあまりに寡黙で孤独だった。それを不憫《ふびん》に思った伯爵たちが早めに契約を結ばせたらしい。

「本当はグレンと話をすることで私自身が明るくなって人と話せるようになるのをお父様たちは望んでいたようだけど」いつかローザはグレンを通してそう言っていた。

意思疎通はできるようになったが思っていたのとは違う形だった。伯爵たちはため息を吐いただろうなと思う。というより、余計、まわりの貴族が離れていく結果になったのは否めない。

俺が彼女と初めて会った時もそうだった。レズリー伯爵家が開いたガーデンパーティで、その日、俺は珍しく体調が良くて、車椅子に座って隅の方にいた。いつもなら剣術を競う催しを行うが、この日は普段と招待客の顔ぶれが違うためかそれもなく、ただお茶を飲んだり食事をしたりするだけで、俺が参加していても変に浮くことはなかった。

俺で浮かなかったのにローザは浮いていた。彼女は他の令嬢や令息と会話するときもグレンに伝えて話をしていたために変な奴だと思われたらしい。しばらくすると誰も彼女と話さなくなって、ローザは隅の方で時間を過ごしていた。

俺は彼女に近づいた。カタリナは遠くにいたし、俺も一人ぼっちだったから。

それが彼女と話した初めてで、関係はいままで続いている。

話を戻すと、何にせよ、《闘気》を使うことができるローザなら、ある程度衝撃があっても怪我をすることはないだろう。

「まあ、無理はしないように」

「それもこっちのセリフだけど」グレンがローザの言葉を話す。

確かにそうなんだけどね。


早くラルヴァに戻りたかったが、いまから戻ると夜になって森の上空で方角がわからなくなってしまう。それで仕方なくボルドリーの城に泊まった翌日、俺は森の前までやってきた。

鞘を準備して感圧式魔法を踏む。シュンシュンと音を立てて森の上を跳んで歩く。俺は岩の柱が乱立していた場所に向かった。ホムンクルスはこの周辺にはいないようだった。というか、ラルヴァの方に魔物が逃げていったということは、そちらまでホムンクルスが移動しているんじゃないだろうか。

ホムンクルスが他の人間を食っているとまずい。それこそ、ラルヴァから調査に向かった冒険者や騎士たちはかっこうの餌になる。ルビーが無事でいてくれればいいが……。

俺は跳び上がるとラルヴァの方へと向かった。

森は平地ではない。丘のような場所がところどころあってなだらかに登って下っている。俺は一つの丘を越えて、向こう側に跳んでいった。

いままで見えていなかったものが見えた。来る時にはなかった新しい岩の柱だ。

ここでもまた、何かがあったようだった。

ここはラルヴァ側の森の端が近い。ということは冒険者たちはすでにホムンクルスと相対したのかもしれない。

「まずいな」俺はつぶやいて、岩の柱が無造作に伸びている場所の上空に跳んでいった。

絶句した。

魔法のせいだろうか、木はなぎ倒されて、そこだけポッカリと穴があいたようになっていた。岩の柱はその広場にポツポツと生えているような感じ。

生きている人間は多分いない。死んでいる人間は、たくさんいたが。騎士ばかりで冒険者はほとんどいない。ということは死んでいるのは貴族とその部下たちか？

「冒険者とは別部隊か……」

血の臭いにつられて魔物が来てもおかしくないはずなのに、その場所は異常なほど静かだった。

俺は口と鼻を押さえて地面に着地した。

おそらくこの惨劇は今朝起きたものだろう。死体の血がまだ固まっていない。ひどい場所だ。俺はえずいた。胴体の数に対して腕や足の数が多すぎる。つまり、体を食われた奴がたくさんいるってことだ。

「クソ……」

何人だ？　わからない。いったいいくつの心臓を突き刺せば、ホムンクルスを殺せるんだ？

元はサーバントだったのだろう、武器の類《たぐい》がへし折られて地面に積み上がっている。またえずいて、俺はその場を離れようとした。

その時だった。俺がその死体を見つけたのは。

「…………嘘だろ？」

そこには、頬から額にかけて鳥の入れ墨が入った男が倒れていた。体が混ざったためだろうか、右腕には討伐数をカウントした傷がついている。死んだサーバントが言っていたホムンクルスの特徴そのままだ。

「ホムンクルスだ……」

ホムンクルスの胴体には三つの穴があいていた。

三つ……。心臓の数と同じだ。

「討伐したのか？　……いや、それじゃあ、どうして……」

どうしてこんなに、死体の胴体が足りないんだ？　このホムンクルスが食ったのか？

それにしては体が小さすぎる。

調査部隊が胴体だけ持ち帰った？

いや、ありえない。残された胴体があるのはおかしい。

では魔物が食ったのか？

それもおかしい。こんなにきれいに胴体だけ食う魔物がいるだろうか。それに歯形が全くない。

クソ、だめだ。わけがわからない。

「あの！　すみません！」

俺が呆然《ぼうぜん》とホムンクルスの死体を見ていると突然、上の方から男の子の声がした。俺はビクッと飛び跳ねバッと上を見た。

「こっちです！　こっち！」今度は女の子の声だ。

「あの、ここから降ろしてもらえます？」

俺は声を頼りに探したが、葉に覆われて全くどこにいるのかわからない。仕方がないので、感圧式魔法を発動して跳び上がり、周囲を見回した。

「どこにいる？」

「こっちです」

ようやく見つけた。木の枝が密集している場所があって、そこに少年が座り込んでいた。やつれているようにも見える。彼は森のラルヴァ側で魔物の襲撃があった時に、トレントを風の魔法で倒していた少年だった。首から銀のプレートのネックレスを下げていてBランクなのがわかる。

腕が折れたのか少年は枝で応急処置をしていた。

「もう一人の女の子は？」

「私はサーバントです」少年の後ろには弓があって、そこから声が聞こえる。きっと場所が狭いから弓の形になっているんだろう。

俺は少年を背負うと地面に飛び降りた。鞘から水蒸気を出して衝撃を緩和し、なんとか着地したが結構無理があった。人を背負って跳ぶのはなおさら無理だろうと思った。

少年を悲惨な現場から少し離れた場所に連れていくと、木のそばに降ろした。彼はひどく喉が渇いていたようで、魔法で水を出してやるとごくごくと飲んだ。

「ありがとうございます。助かりました」

「どうしてあんな場所に？」

少年は折れていない腕で口を拭うと話し出した。

「僕たちは調査のために森に入りました。昨日は何もなかったんですが、今日あの化け物と出会ってしまって……」少年はホムンクルスを指差した。

「ホムンクルスだ」

「そういう名前なんですね。僕たちは逃げようとしたんです。そのホムンクルスと遭遇した時、冒険者たちは皆逃げ出しました。岩の柱を目の前で出されて、勝ち目がないと悟ったんです」少年はその時を思い出し、折れていない腕で体を擦《さす》った。

「けれど貴族たちは違った。彼らは無謀にも戦おうとしました。『武勲を上げる』とかなんとか言ってました。僕は属性が使えるからか騎士の一人に引っ張られて取り残されて。……そこにアレがやってきたんです」

アレ？　ホムンクルスではない、アレって？

「アレは突然やってきて、騎士や貴族を食い始めました。ものすごく大きくて、僕の三倍くらいの身長がありました」

「それは……魔物？」

「いえ……わかりません。人の形をしていましたが、体が割れて触手のようなものを伸ばして貴族たちを絡め取って食べていました」

俺はそんな魔物を知らない。

「僕は、怖かった……。だから騎士の腕を振り切って、魔法を使って逃げようとしたんです。風を使って逃げようと……そしたら、暴発したんです。いつもよりはるかに大きな魔法が出て、吹き飛ばされて、木に引っかかりました。それからは、アレがいなくなるまでひたすら木の上で息を潜めていました。いなくなってからも怖くてずっとあそこにいました……」少年は目を伏せて顔を覆った。

「悲鳴がずっと聞こえていたんです。男の人の悲鳴も女の人の悲鳴も。怖くて、怖くて……」

魔法が暴発した？

その現象はアリソンが初めて俺のそばで盾を使った時によく似ていた。

どういうことだ？

「その、『アレ』はどこに行った？」

「わかりません……。アレはずっと何かをつぶやいてました。それに人の名前を何度か。ずっと聞こえていた悲鳴も同じ人の名前を呼んでいました。それが手がかりになるかもしれません」

「なんて名前だ？」

少年は少し思い出して、間違いないことを確認したあと、言った。

「『ニコラ』です」

俺は眉根を寄せて固まった。

全くわけがわからない。

×××

私は親指の爪を噛んで苛ついていました。ニコラは昨日、私にひどい言葉を浴びせると上空に跳び、森の向こうに跳んでいきました。戻ってきた様子はありません。きっとボルドリーに行ったのでしょう。

ライリーと同じ宿にルビーが泊まっているのは知っていました。きっと彼女は森を抜けられず立ち往生しているのです。ニコラは彼女の無事を伝えに行ったに違いありません。そのくらいの推測は私にだってできます。私はバカじゃないので。

そう、バカじゃない。

私は優秀です。必要とされるはずです。

——必要ないって。とっとと失せろ。

ニコラに言われたその言葉が私の頭の中に響いていました。いままでどれだけ私が惨めな思いをしてきたか、彼は知らないんです。

あなたのせいですよ、ニコラ。

ずっと体が弱く、魔法をろくに使えなかったあなたと契約させられたせいで、私はずっとずっと惨めな思いをしてきたんです。その償いはするべきです。契約できないのはわかりましたが、それでもまた私と契約するために体からアニミウムを取り出す努力をするべきです。そうでしょう？

まわりでは騎士や冒険者たちが森の調査のために動き出しています。昨日の調査はなんの収穫も得ることができなかったようです。武力至上主義の騎士たちは手柄を立てようと躍起になっていて、今日こそはと己を鼓舞していました。

私はブツブツとつぶやきながらライリーのところに戻りました。彼はいま、馬車の中でゾーイと二人きりでいるはずです。

最近本当にひどい。ライリーは私のことをほとんどいないものとして扱っているような気がします。新しいママのゾーイに甘えてばかり。苛つきます。

私は馬車に近づくとどんどんとドアを叩《たた》きました。

「ライリー、皆さん動き出してますよ?」

しかし、反応がありません。何度かドアを叩きましたが、同じです。

怖気《おじけ》づいたんですか?

私はドアに手をかけました。ドアはすんなりと開いて、私は少し体勢を崩しました。

わずかに開いたドアから見える馬車の中は真っ暗でした。窓のカーテンはすべて閉められていて、入り口からの光がわずかに足元を照らしていました。

「ライリー?」私はドアを完全に開いて、青ざめました。

「ああ、カタリナ」

そこにいたのはゾーイだけでした。彼女は体が一回り大きくなっていて、馬車の中で少し窮屈そうにしていました。

私が後退《あとずさ》ると彼女は馬車のドアをくぐり抜けて外に出てきました。ものすごくというわけではありませんが、絶対に大きくなっています。

彼女は舌を出して手をなめました。そこには赤いものが……。

「ライリーは……ライリーはどこです？」私はふるえる声で尋ねました。

とにかく、怖かったのです。嵐の前の静けさとでも言うのでしょうか。ゾーイは目が据わっていて、私を見ているのか、遠くを見ているのかさっぱりわかりませんでした。

「一つになったんだ」「そう一つになったの」

二つの声が聞こえてきます。一つはライリーの、一つはゾーイの。

ライリーの声が言いました。「とても気持ちがいいよ、カタリナ。ずっと抱きしめられているみたいだ。ふわふわして、高揚感があって、なんでもできる気がするよ」

ゾーイの声が言いました。「私たちは理想に近づいたの。雌雄同体の姿になった」

ゾーイは右手を突き出しました。彼女の目の前に突然剣が出現します。それがゾーイ自身なのかどうかはわかりません。彼女はその剣を構えました。

瞬間、私の体に激痛が走りました。私が呻いてうつむくのと、ゾーイが地面に向けて斬撃を飛ばすのが同時でした。ないはずの骨が悲鳴を上げてきしむような音がします。ないはずの内臓が腹の中で裏返っているような気持ち悪さがあります。

見ると斬撃は広範囲にわたって地面を抉《えぐ》って草や土を掘り返していました。明らかにいままでより強力になっています。

ゾーイは少し不満そうな顔をしました。

「ダメだね。やっぱり魔力量が足りないや」

「でもすごい力だよ」同じ口で、ライリーが話します。一人で喋《しゃべ》っているので奇妙な感じがします。

ゾーイは私を見下ろして言いました。

「苦しい？　そうだよね。ライリーと契約してるんだもん。苦しいよね」

「なんです、これは……」

「この姿になるとね、私以外の契約を排除しようとするみたいなの。体に入った異物を追い出そうとするみたいに。だから私たちが魔法を使うたびに、あなたにはものすごい苦しみが襲うことになる」

私は恐怖しました。さっきの痛くて苦しいのが、魔法を使うたびに何度も？

「嫌です……魔法を使わないでください」

「それはできないよ。だって僕たちはこれから、兄さんを殺さないといけないんだもん」

ライリーが当然のようにそう言いました。

「は？」

「兄さんは僕に呪いをかけたんだよ。水の属性がなくなって魔力が少なくなったのは兄さんの呪いのせいなんだ。だから殺すんだよ。ああ、それにしても兄さんはどこに行ったんだろう。昨日から見てないけど……」

「あれは呪いじゃなくて、アニミウムのブレスレットのせいだって、説明され――」

「うるさい！　兄さんのせいなんだ！　僕に口答えするな!!」

今度はライリーが魔法を使ったのでしょうか。考える間もなく、痛みが全身を覆い尽くしてしまいました。肋骨《ろっこつ》が内側に折れて内臓を掻き回しています。息ができない。頭の中で何かが膨らんで目玉の後ろから圧迫されているような感じがします。私には臓器なんてありません。けれどそうとしか形容できない痛みが、苦しみが、体を駆け巡りました。

私は悲鳴を上げました。

「これは呪いのせいなんだ！　いいな!?」

「わかりました!!　だからやめてください!!　痛い痛い!!　ヤダ！　苦しいのはヤダ!!」

ふっと苦しみが消えましたが、全身がまだじんじんと痛みます。私は地面で体を折り曲げて、荒く呼吸を繰り返しました。

誰か……誰か、助けてください。

まわりを見ましたが、冒険者や騎士たちはすでに森の方へ向かっていて、馬車のあるこの場所は静かなものでした。

「ライリー、このうるさいのを殺さない？　耳障りだよ」

ゾーイがそう言うのを聞いて、私は目を見開きました。痛みを堪《こら》えながら、顔を上げます。

が、突然、私の体は剣に戻ってしまいました。

「なんで……」

「ライリーからあなたに流れる魔力は私が管理しているの。あなたを元の体に戻すことなんて簡単にできるんだよ？　だからこうやって、壊すこともできる」

ゾーイは私の剣の体を持ち上げると力を入れました。

「嫌です！　殺さないでください！　死にたくない!!」

「呪いが解ければカタリナもきっと使えるようになる。連れていこう」

ライリーはそう言いましたが、ゾーイはため息を吐きました。

「ならないと思うけど？」

「私は優秀です！　いまは呪いがかかっているだけです！　だからどうか……。そうだ！　私はニコラがどこに行ったのか知ってます!!」

「どこ？」ゾーイは尋ねて私を人型に戻しました。

私は荒く呼吸を繰り返しながら自分の体に触れました。本当に私の体はゾーイの思うままのようで、背筋が凍りました。

「ねえ、どこ？」今度はライリーの声でした。彼らは手を地面に向けて魔法を使おうとしました。

また痛みが……。

「やめてください！　ボルドリーです！　ニコラは森を越えて行きました!!」

「ああ、ルビーのためか」ライリーの声がそう言いました。

「ライリーは連れていくって言ってるけど私は反対だな。いままで私たちのことバカにしてたでしょ？　わかるんだよ？」ゾーイの声がそう言って、私は唇をふるわせました。

「そんなことしてません」

「わかるって言ってるの。……ねえ、謝ってよ。そしたら許してあげる」

私は歯を食いしばりました。どうして謝らなければならないのかわかりません。せっかく情報を教えたのに。彼女たちがおぞましいことをやっていたのは事実です。それにライリーの魔法の使い方が下手なのも。

私は渋々頭を下げました。

「すみませんでした」

「もっとちゃんと!!」ゾーイはまた魔法を使いました。

嫌悪感を伴う苦しみが襲ってきます。私はひざまずいて体を抱え、呻きました。

「いいよ、その格好。さあ、謝って」

私は痛みに声をふるわせて言いました。

「申し訳ありませんでした……」

「……まあ、いいか」ゾーイはそうつぶやきました。

私はものすごい屈辱で顔が熱くなるのを感じました。命乞いなんて……。

惨めで苦しくて、私はしばらく頭を上げることができませんでした。

「あー、遅れちゃった」

と、声が聞こえました。見ると女性がちょうど馬車から降りてきたところでした。冒険者らしき風貌ですが見たことがありません。鉄のネックレスをつけた黒髪の女性で、ヒョロヒョロしたサーバントを連れていました。

「あんたたちも遅れたクチ？　っていうかあんた、女性にしてはでかいね」女性はゾーイに近づくとそう言いました。

「もっと大きくなるよ」

「は？」

彼女が首をかしげた瞬間、ゾーイの胸元がばくんと開いて、真っ赤な花が咲きました。肉なのか、金属なのかわからない、薄気味悪い色をした空間が露《あらわ》になって、そこから棘の生えた触手のようなものが伸びると、一瞬で女性の体を捕らえ、引き込みました。悲鳴も聞こえず、女性の体はゾーイの中に飲み込まれてしまいました。私はそれをただ呆然と見ていることしかできませんでした。

「うわあああああ!!」サーバントの男が叫び、ゾーイに殴りかかろうとしましたが、彼の体は剣の形に変わってしまいました。

「クソ!!　どうして……!!」

「この女の魔力は私のもの。あなたはこの女と契約が続いているけれど、魔法を使うことはできないの。だからね、あなたはもうただの棒切れ」ゾーイはそう言うと剣になったサーバントを摑んで力を入れました。

「やめろ!!」彼は叫びましたが、それもすぐに消えてしまいました。

ゾーイは金属の剣をねじ切ると、地面に投げ捨てました。

「すごい！　すごい力だ!!」

ライリーのはしゃぐ声が聞こえてきます。

ああ、もう彼の精神はゾーイに汚染されてしまったのだと、その時思いました。

「これなら兄さんを殺せる!!　僕をバカにしていた貴族も見返せる!!」

「うん、行こう！」

ゾーイは私を剣の姿にして手に持つと、森の前でだらけていた貴族たちの方へと向かいました。

武力至上主義の貴族たちは、交流と言って試合をよく行なっていました。そこで子爵の息子に負け、たくさん醜態を晒《さら》してから、ライリーは見くびられるようになっていました。ここにはその貴族の息子が一部参加していました。もちろん、ライリーを倒したあの子爵の息子も。

ゾーイ／ライリーはまっさきに彼のところに向かいました。

それからのことはよく覚えていません。ただ苦しくて辛《つら》くて、痛かった。

真っ赤な風景。

ゾーイ／ライリーは地面を蹴るとその巨体のまま跳び上がり、岩の柱を見つけました。

「きっとあれが、混乱の元凶だ！　倒しちゃおう!!　きっと皆認めてくれる！」

ライリーがそう言ったのを聞きました。

それからまた痛み、苦しみ。

私はニコラの名前を叫び続けました。

助けてください！

助けて、ニコラ!!

私の契約者でしょう!?

第九章 × 決戦

冒険者の少年を背負って俺はラルヴァの方へと走っていった。道中ほとんど魔物を見なかった。

いまはボルドリー側に向かったのか？

森を抜けると騎士たちがテントを張っている場所が見えてきた。ひどい状態だった。血が辺りに飛び散っていた。魔物に襲われたのか、何があったのかは全くわからない。見ると、一つのテントのまわりに冒険者たちが群がっていた。そこへ行くと、彼らはビクッと俺たちの方を見た。

冒険者の一人が近づいてきて、少年の肩を叩《たた》いた。

「生きていて良かった！　置き去りにしてすまなかった。俺たちも必死で」

「いえ、僕も必死でしたから」

「それに二つ属性を使える君か。連れてきてくれたんだな」

「ここで何が起きたんです？」少年を降ろすと彼に尋ねた。

「いや、わからないんだ。生き残った騎士は怯《おび》えきっているし。俺たちは無謀な騎士に耐えかねてあの男の化け物から逃げて戻ったらこの有り様だからな」

冒険者たちが集まるテントの奥の方を見た。確かに騎士が一人蹲《うずくま》っている。近づくと彼は怯えきった表情で俺の方を見上げた。

「ここで何があったんです？」

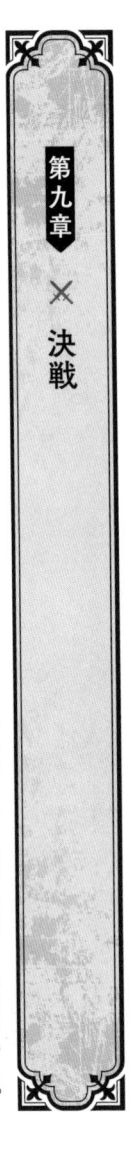

「化け物だ……。化け物に食われたんだ。あの貴族……そう、君が口論していたライリー様が連れていた女が次々に……。いや、違う。もっと大きかった。それに時々男の声で……ライリー様の声で話していた。呪いをかけたニコラを殺すと。……君のことか？」

「え？」

ライリーが連れていた女？

俺は少し考えて、気づいた。

ゾーイもホムンクルスだったんだ。

契約者は食われれば取り込まれるものだとばかり思っていたが、ライリーはどうやら意識を保ったまま体を動かしているらしい。

「誰も太刀打ちできなかった。ものすごい力と、魔法でねじ伏せられてしまって。それで……貴族も騎士も皆食われてしまった！」

すべてが繋《つな》がると俺は森の方を見た。

まずい。俺を追って森に入ったんだ。ライリーたちはルビーに会っている。そしてカタリナは俺が森の上空に跳び上がったのを見ていた。話を総合すれば、彼らは俺がボルドリーに向かったことに気づくはずだ。

つまり、ボルドリーが……。

「あいつは……いや、あれは何人食ったんです？」

「二十人以上だ!!」騎士が叫んだ。

「それは……森に入った騎士たちも含めて？」俺が尋ねると、冒険者の一人が首を横に振った。

「いや、この場所で食われたのが二十人以上だ。腕の数を数えたんだ。森で食われたのは別だよ。

……それじゃあ、森にいたあの騎士たちは」

「全員死んでいました。それに、男の化け物――ホムンクルスも」

ハリーはこの単語を説明するために人目を避けていたが、この状況だ。不安にさせるも何もあったものじゃない。俺はホムンクルスの死んでいた現場を思い出した。

あそこでは少なく見積もって二十人近くの人が死んでいた。つまり、ざっと四十人以上。

……殺すには四十の心臓を貫く必要がある。

そんなことができるのか？

魔力量も四十人分だ。体の大きさだって膨れ上がっているはず。どうしてここに来るまでに見かけなかったんだろう。脇道にそれたのか？

色んな考えが浮かんだが、とにかくボルドリーに戻って知らせないとダメだ。

そうだその前に、ライリーはラルヴァにいたと言っていた。ルビーが……。

「ラルヴァは？　ラルヴァは無事なんですか!?」

「ああ。無事みたいだ。ホムンクルスとやらはここで暴れ始めてそのまま森に入ったみたいだからな」

俺は慌ててラルヴァに戻るとルビーの宿に走っていった。

ホムンクルスがここで暴れたのだとしても、もし、ルビーが人質に取られていたら……。

ルビーの宿に入ると階段を駆け上がる。

心臓がバクバクと鳴る。

無事でいてくれ!!

部屋の前には騎士が立っていて、中に入るとルビーはエイダとカードゲームをして遊んでいた。

呑気《のんき》なものだった。

「お兄様！　戻られたんですね!?」

「ライリーに会ったか!?　脅されたりしなかったか!?」

俺はルビーの手を掴《つか》んで、半ば問いただすように聞いた。ルビーは狼狽《ろうばい》してナディアの方を見た。

ナディアは少し気まずそうに言った。

「会いました。脅されはしませんでしたが……」

「何か言われたか？」

「いえ……ただ、ライリーはかなり落ち込んでいるようでした。そうだ、ニコラには勝てないとしきりにつぶやいてましたね。誰とも話したくないようなそんな感じで、今朝も私たちを見ると逃げるように出ていきました」

どうやらライリーはルビーを人質に取って俺をおびき寄せるなんてことを考えなかったらしい。

水の属性がないということがそれほどまでにショックだったのだろう。カタリナもそう言っていたしな。ゾーイはそれに付け込んだのか、それとも同情して力を授けたのか、とにかく、森の近くでライリーを食らい、ホムンクルスになった。

「脅されていないなら安心だ。俺はまたボルドリーに戻って知らせないと」

「あの、ボルドリーが危険なんですか？　ライリー様が関係してるんですか？」ルビーは心配そうだった。

俺は彼女の頭に手を置いて、まるで自分に言い聞かせるように言った。

「大丈夫。なんとかする」

宿を出ると、すぐに森に向かった。

✕
✕
✕

「クソ！　どこに行った？」

俺は森の上空を道に沿って跳んできたが、結局膨れ上がったゾーイを見つけることができなかった。どこかに身を潜めているのか、何をしているのかはわからない。そもそも体の大きさだってどのくらいになっているか見当もつかない。

四十人以上を食ったんだぞ。恐ろしい化け物になっているに違いない。

午後になって、とうとうボルドリー側の森の端まで来てしまった。アイツらはもう森を抜けてしまったのだろうか。

「うわ、まずい」

まだ数は少ないが森の端から魔物が溢《あふ》れている。男のホムンクルスが現れた時は、ボルドリー側からラルヴァ側に魔物が逃げていたが、今度は逆だ。ボルドリー側に魔物が集まっている。街を魔物が襲うのが先か、ホムンクルスになったライリーたちが襲うのが先か時間の問題だ。

着地して《身体強化》を使い、慌ててボルドリーに向かうと、壊れた門の前に騎士や怪我《けが》をしていない冒険者たちが集まっていた。その中には見慣れた顔が数人いた。エントアの冒険者たちだ。いつの間に援軍を呼んでいたんだろう。

伯爵とハリーが近くで指揮を執っている。

「戻ったっスか。どうだったスか？」

「まずいことになりました」俺が情報を伝えると、即座にハリーと伯爵は指示を出し始めた。

「近隣の村に被害が出る前に魔物を倒すっス！」

冒険者たちが馬車に乗り込んで森の方へと向かい出した。騎士たちは街を守るべく隊列を組み直していた。

「エントアの冒険者も呼んでいたんですね」

「言ってなかったっスか？　襲撃を受けたあと、うちの冒険者たちがかなりの数の怪我人が出たんで応援を呼んでたんス」

エントアを出てからまだ一週間かそこらしか経《た》っていないが、なんとなく懐かしい気がした。そんなふうに辺りを見回していると、鉄製の鎧《よろい》をつけたローザを見つけてぎょっとした。本当に戦うつもりだったんだ。

鎧と言ってもフルプレートのものではなく、冒険者がつけるような軽装備で動きやすそうなものだった。《闘気》を使える彼女にとってはそのくらいで十分なのだろう。

ローザは馬に乗っていて伯爵のそばまで移動してきた。

「ニコラ、戻ったのね。ルビーはどうだった？」

どこからともなくグレンの声が聞こえてくる。見るとローザの腹部に革のバッグがぶら下がり、そこに人形が入っていて、声はそこからしている。

その人形がグレンなんだ。グレンは人形のサーバントだった。赤子くらいの大きさで目がくりっとしている。落ちないようにしっかりとバッグにはベルトが付いている。

「ルビーは大丈夫だ。ホムンクルスは森を向こう側に抜けなかった。ラルヴァの街は無事だ」

そう言うとローザと伯爵はホッと息を吐き出した。

「でも今度はボルドリーが危ない。ライリーの目的は俺を殺すことです。すぐに森に戻ります」

「ちょっと待ってほしいっス。作戦を立てる必要があるっス。四十以上ある心臓を破壊するのは簡単ではないっスから」

「でも……他の冒険者が食われたら……」

「彼らにはホムンクルスが見えた段階で全力で逃げるように言ってあるっス」

俺はちらっと森の方を見たが、すぐにハリーに視線を戻した。

「何か考えがあるんですか？」

「……君は魔力を体外に放出できるらしいっスね。アニミウムのブレスレットを使って」

「ええ」俺は革の袋からそのブレスレットを取り出した。

ハリーはそれを見ると眉根を寄せた。

「圧縮されたアニミウムっスね。本当に魔力を放出するためだけに作られたものっス。それがこんなに……」

「高密度のアニミウムだとは聞いてます。やっぱり普通のアニミウムとは違うんですね？」

「違うっス。不思議に思ったことはないっスか？　どうしてサーバントは剣や弓という小さな金属の塊なのに、人型になるとあんなに大きくなるのか。アレはアニミウムが膨張してるからっス。どれだけ大きくなっても、その実は元のアニミウムから質量が変化してないんス。このブレスレットはその逆っスね」

俺はブレスレットの一粒に触れながら聞いた。

「圧縮されているって言ってましたけど、どれくらいです？」

「その一粒で剣が二本作れるっス」

「そんなに？」

ハリーは頷《うなず》いた。

「君にはそれだけの魔力があるんス。普通の人間の五十人分……いえ、それ以上の膨大な魔力が。それを他の冒険者に分ければ、あるいは、ホムンクルスを倒せるかもしれないっス」

「でも俺のブレスレットじゃ魔力が拡散してしまって、ライリーにも魔力を与えてしまいますよ？」

「そのためにこれを用意したっス」

ハリーは木の箱を重そうにしながら持ってきた。中には鎖が入っていた。

「アニミウムで作られた鎖っス。これを使って複数人に同時に魔力を送ってほしいっす」

多分圧縮されていない普通のアニミウムでできた鎖だろう。これなら確かに魔力を伝導して特定の人にだけ送ることができそうだ。

「……なんでこんなものが？」

「アルコラーダから送られてきた試供品っス。何かに使えるかと思って送ってきたみたいっスけど、あんまり使い道がなかったんで倉庫に眠っていたんス」

色々と作ってるんだな。

ともあれ、これで、ライリーたちに対抗できそうだ。

「ローザも本当に来るの？」

「もちろん。私にはボルドリーを守る義務がある。ニコラが戦うのに私が待っているだけなのも嫌」

ぶら下がっている人形がそう話した。決意は揺らがないようだった。

馬車に鎖を載せると、俺は先に一人で森へと向かった。


森に着くとあらかた魔物は倒されていた。トレントも簡単に倒されていて、エントアとボルドリーの冒険者は優秀なのだと知った。

いつ次の魔物たちの襲撃があるかわからない。それにもしかしたら、ライリーたちがすぐに現れるかもしれない。

鎖を載せた馬車にはハリーも一緒に乗っていた。彼は冒険者たちを集めると、遠距離攻撃ができる者、それも狙いが正確な人たちを五人選別した。

「この鎖を地面に敷くっス。君たちはこれを裸足《はだし》で踏んで、いつも通り攻撃してほしいっス」

鎖を何本も地面に敷いていく。俺はそれを束ねた場所に触れ、魔力を送れば良いわけだ。

準備をしていると、冒険者たちが警告した。

「おい！　次のが来るぞ!!」

森がザワザワとうごめく。地響きのような足音が聞こえてくる。最初にグリーンウルフが、次にゴブリンがわらわらと茂みから飛び出してきた。そしてトレントも……。

俺は鎖に魔力を送り込んだ。性別も年齢もバラバラな五人の冒険者が弓を構える。

一人の冒険者は弓ごと魔法で作り上げていて、いつもより何倍も大きい弓にぎょっとしている。

他の冒険者たちも似たような感じで、矢だけが魔法であっても、太さや長さがいつもと違うのだろう、半ば困惑気味だった。

「撃ちます!!」

前で戦っていた冒険者たちが慌てて逃げ出す。

矢を放つ。

放たれた矢の一つは鳥が羽を広げるように、刃のようなものを左右に伸ばして滑空していく。ゴブリンやグリーンウルフの首や体がそれに巻き込まれてスパンと二分割にされる。

俺は魔力に属性を混ぜていなかったが、一本火の属性を持った矢があった。魔物のそばを通るたびに炎の手が伸びて全身を焼き焦がして進んでいく。最後にはトレントに突き刺さり爆発した。トレントの体には大きな穴があいてバタリと倒れ込んだ。爆発したんじゃ生木かどうかなんて関係ないな。

どうやってるんだろう。

魔物を倒すための物というより、もう攻城兵器と言っても過言ではない威力の矢たちは、あっという間に第二波を討伐してしまった。

「……おっそろしいっスね」ハリーが、手でひさしを作って遠くを見ながら言った。

「あんたすっごいな!!」

爆発する矢を放っていた若い男が興奮気味に俺に言った。首には銀色のネックレスがキラリと光っていた。もしかしたら俺と同い年ぐらいかもしれない。

なんとなく話しやすい気がして俺は尋ねた。

「あの爆発するやつどうやってんの？」

「やり方はわかんねえ！　けど、なんかぶつかったら発動するイメージでやってる。俺のサーバントもそのはずだ」

「そうだよ！　私もやり方わっかんない！」ぎゃははと二人は笑った。完全に感覚で魔法を使ってるらしい。でもなんだか二人は馬が合っているようで少し羨ましかった。

ぶつかったら発動するってことは、もしかしたら先端に感圧式魔法みたいなものを使ってるのかもしれない。今度やってみよう。

魔力を流した五人の冒険者が使った魔法は、かなりの威力があることがわかった。

これは本当にいけるんじゃないか？

そう思っていると、突然森の中から甲高い悲鳴が上がった。木々が倒れる音。魔法らしき力の塊が木々を切り裂いて空に飛んでいくのが見えた。斬撃のような魔法はあまりにも巨大で、一瞬にして森の一部が展《ひら》けてしまった。

その向こうに、一つの影が揺れている。影はゆっくりと森の木を倒しながら進んでくる。

でかい。

ゾーイ……そして、ライリーだ。

レッドグリズリーの数倍、もしかしたら、ボルドリーを囲う壁と同じくらいの高さがあるんじゃなかろうか。

俺は鎖の集まる場所にしゃがみ込んで手を置く。

「下がるっス!!　食われるっスよ!!」ハリーは依然森の入り口近くにいた冒険者たちにそう言った。冒険者が逃げる間にも、ずんずんとゾーイは進んでくる。体の全体像がはっきりと見えてくる。

俺たちは絶句した。

人型ではあるものの、それを人間と呼ぶにはあまりにもいびつだった。もう、ゾーイなのかライリーなのか全くわからない。ボコボコとした皮膚に服なのか肉なのかわからない切れ端のようなものがくっついた姿だった。

目はあるが、鼻はない。そのくせ、口は耳の辺りまで裂けている。ボサボサの髪が肩まで伸びていて顔の一部は隠れている。

「構えるっス!!」ハリーの声にはっとして、五人の冒険者は弓を構えた。

ホムンクルスは最後の木をなぎ倒して森から完全に姿を現した。

「撃ちます！」

矢が放たれる。ホムンクルスはそれに気づいて、何かをした。

甲高い悲鳴が聞こえた。

ホムンクルスの体の前に盾のようなものが出現する。盾と呼ぶにはあまりにもいびつだった。子供が泥遊びで作ったような凸凹《でこぼこ》した形だ。矢はそれに突き刺さり、爆発。しかし、ホムンクルスの体には全くダメージがないようだ。

ローザが馬から降りて俺に近づき、肩に触れた。

「私に魔力をちょうだい！」彼女は自分の声で俺に言った。

俺はローザの手を取って魔力を流す。ローザはかっと目を見開くと、人形姿のグレンをギュッと抱きしめた。

ローザの頭上に大きな棘のようなものが浮かぶ。槍《やり》のように先端に穂が付いている感じではない。柄がそのままなめらかに細くなって尖《とが》っているようなそんな魔法だった。

ローザは狙いを定めると、その大きな棘をホムンクルスの方へと飛ばした。

棘はまっすぐ飛んでいき、いびつな盾に迫る。

盾はいままで矢を弾いてきた。爆発が起きてもびくともしなかった。だが、棘はまるで紙でも貫くようにすっと盾をすり抜けてホムンクルスの肩に突き刺さった。

奴《やつ》はゾーイなのかライリーなのかわからない性別不明の悲鳴を上げる。

「どうやったの!?」

「魔力の薄いところを狙ったの。あれだけいびつだから抜けるかと思って」

「そうか、魔力の流れが見えるのか！」

ローザは冒険者たちにどこを狙えばいいのか指示を始めた。ホムンクルスは更に盾を作り出したが、ローザの指示の前にそれは無意味だった。まるでそこに盾なんてないかのように、冒険者たちの矢は盾を通り抜けてホムンクルスの体に次々と突き刺さった。

だが、そのほとんどが腕や肩など体の中心からそれた場所だった。心臓は減っていないだろう。

腕に突き刺さった矢が爆発して、穴があいたように見えたが、それもすぐにふさがってしまう。

ホムンクルスは体を揺らすと右手を前に突き出した。ひどい悲鳴が聞こえる。

奴の目の前に柱みたいな巨大な剣が現れる。ホムンクルスはそれを掴むと体の後ろに持っていって構えた。

ハリーが目を剝《む》いて叫んだ。

「まずいっス!!　横薙《な》ぎにされるっス!!」

「私が盾を作る!!　ニコラ、ありったけの魔力を流して」

「でも……」

「いいから!!」

ローザが叫ぶと、目の前に大きな両手が現れた。指を組んで手の平をホムンクルスの方に向け、まるで伸びをするような形の魔法が出現する。サーバントを使った魔法はそのサーバントの形に依存する。グレンは人形だから盾を作るとこうなる。

俺は魔力をローザに流した。両手は更に大きくなり、冒険者たちが盾の陰に逃げ込んでくる。

「もっと！」ローザが叫ぶ。俺はためらったが、更に魔力を流した。アリソンにだってここまで大量の魔力を送ったことはない。ローザが心配だった。

ホムンクルスが剣を振り、属性の付いていない巨大な斬撃が飛んでくる。

風圧で地面が抉《えぐ》れるのが見える。斬撃の威力は凄《すさ》まじく、風に煽《あお》られて砂が舞い、俺たちは顔をそむけた。

ローザは盾を保ち続けている。俺は魔力を供給し続ける。

斬撃がローザの盾に衝突する。

「うっ」とローザは呻《うめ》く。彼女の額には汗が浮いている。

斬撃は、止まりこそしたもののしばらくガリガリと盾に食い込んでいた。が、遂《つい》にその威力がなくなって、ふっと消えた。同時に盾も消え、ローザはバランスを崩した。

「ローザ！」俺は彼女を支えた。

盾が消えた瞬間、ハリーが叫んだ。

「あいつから距離を取るっス！　次が来る前に！」

冒険者たちが逃げる中、俺は《身体強化》を使ってローザを抱き上げると走ってホムンクルスから離れた。

ホムンクルスは俺たちが逃げていくのを確認するかのように辺りを見回すと、剣を消して、のそのそと俺たちの方へ向かってきた。

ローザはまだ意識を保っていた。荒く呼吸をして、人形姿のグレンをなでていた。

「大丈夫か!?」

「私は大丈夫。グレンに無理させちゃった……。ごめんね」

そうは言うものの、ローザもこれ以上戦闘には参加できないようだった。

「僕、しばらく休まないとだめみたいだ」グレンはそう弱々しい声で言った。

俺はローザを馬車まで運んで乗せ、彼女の手を握った。

「先に戻ってるんだ。俺はなんとかあいつを食い止めるから」

そう言って離れようとしたが、ローザは俺の手を離さなかった。

「待って、一つ伝えておかなきゃいけないことがある」

「何？」

「あのホムンクルス、体の中で魔力が淀《よど》んでる。滞ってる」

「それって……」俺は眉根を寄せた。

その時だった。

「……ニコラ!!　ニコラあああああ!!　助けてくださいいいいいい!!」

悲鳴じみた声が聞こえて、背筋が凍った。振り返るとホムンクルスの腰から何かが地面に落ちるのが見えた。人のようなそれがまた叫んだ。

「ニコラあああ！　お願いだから助けて!!　苦しいのは嫌アアアア!!」

「……カタリナか？」

多分そうだ。彼女はフラフラと立ち上がる。服はボロボロでところどころ肌が見えている。体には傷もダメージもないように見えるが表情は完全にやつれている。

食われた契約者のサーバントは皆引きちぎられていたから、カタリナも死んでいるものだとばかり思っていたがそうではなかったらしい。

と、ホムンクルスは歩速を早めて俺たちの方へと近づいてきた。目が完全に俺たちの……いや、俺を捉えている。

「一旦引くっス!!」

ハリーが指示すると、馬車が動き出した。冒険者たちも逃げていく中、俺はゾーイを、ライリーを止めるためにホムンクルスに相対した。

やっぱり狙いは俺なのか。

俺は馬車や冒険者たちが逃げたのとは別の方向に走り出した。こうすればホムンクルスは俺の方へと向かってくる。少しは冒険者たちが逃げる時間を稼げるだろう。

そう思った。

「な……！」

ホムンクルスは俺に見向きもしなかった。まっすぐと冒険者たちを追いかけている。

「おい!!　ライリー!!　ゾーイ!!　俺はこっちだ!!」呼びかけたが、ホムンクルスはこちらに見向きもしない。

すると、突然、ホムンクルスは立ち止まって、しゃがみ込んだ。そこには何もないはずだった。

何も？

いや、置きっぱなしにしたアニミウムの鎖がある。

ホムンクルスはそれを一本持ち上げると、あろうことか口に運んだ。パキパキとアニミウムを咀《そ》嚼《しゃく》する音が聞こえる。

「おいしい。おいしい。少し楽」

ひどく低い声が聞こえる。もうライリーの声なのかゾーイの声なのか全くわからない。

俺よりも、アニミウムを食らうほうを優先した？

というか、アニミウムを体内に入れたら契約が切れるんじゃないのか？

呆然《ぼうぜん》とその様子を見ていると、カタリナがいつの間にか近くまで歩いてきていた。彼女は人型を保っている。

ホムンクルスはまた一本鎖を咀嚼し始める。契約が切れる様子はない。

カタリナは俺に抱きつくように体を預けた。

「ニコラ……ニコラ……お願い。助けてください。苦しいんです。アレはもうライリーでもゾーイでもない。いくら叫んでも痛いのをやめてくれないんです。助けてニコラ。お願いします。気持ちいいことでもなんでもしますから」

カタリナは目を潤ませて、俺の足元に蹲ると頭を地面につけた。

「無理だ。無理なんだ、カタリナ」

カタリナは顔を上げると絶望の色を見せた。

「どうして!?」

「見ろ、あいつはアニミウムを食べてる。体をでかくするためなのかは知らないが、食って体内に入れてる。お前、自分が俺にしたことを忘れたのか？　強制的に契約を解除するには、契約者の体内にアニミウムを打ち込むしかない。でも、お前はまだ契約状態だ。人型のままだろ」

カタリナは自分の姿を見た。

「何か、方法があるはずです……。絶対に何か……」

「意思疎通ができないんだろ。契約解除なんて無理だ」

「嫌……嫌です!!　お願いします!!　お願いします!!　助けて、ニコラ!!」

俺のズボンにしがみついて、カタリナは泣き叫んだ。

「俺にできるのはお前を殺すことだけだ」

「いや!　死にたくない、死にたくない!　なんとかしてください!!」

ホムンクルスが最後の鎖を飲み込んだ。奴はキョロキョロと辺りを見回すと、俺を見つけて、こちらへ向かってきた。

俺は距離を取ろうとしたが、カタリナが脚にしがみついている。

「離せ！」

「嫌です!!」

カタリナは叫んだが、その体がぽんっと剣の形になって地面に落ちた。

ホムンクルスが《身体強化》を使ったのか、一気に俺との距離を詰める。

カタリナは魔法を使われたために悲鳴を上げた。

ホムンクルスが腕を伸ばす。

俺も《身体強化》と《闘気》を使って、腕から距離を取ろうと後ろに跳ぶ。

ホムンクルスの腕は、俺ではなくカタリナを摑んだ。

「ニコラ!!　ニコラ!!」カタリナの声が遠くなる。

ホムンクルスはカタリナを両手で摑むと、
真っ二つにねじ切った。

俺は一瞬目をそらした。クソ。やられたのがカタリナでも嫌な光景なことに変わりはない。

ホムンクルスはカタリナの亡骸《なきがら》を口に運んだ。が、一瞬口を動かしたものの、すぐに口から吐き出した。

「不味《まず》い……『祝福』されたアニミウムはダメ……純粋なアニミウムじゃないと……苦しい」ひどい抑揚がついた低い声でホムンクルスはそう言うと、また俺を無視して歩き出した。

「ここにアニミウムが落ちてたんだ。ボルドリーに行けばきっとある……。美味《おい》しいアニミウムがきっとある……」

「おい!!　お前らの目的は俺だろ!?　ニコラだろ!?」

ホムンクルスは一瞬俺の方を見た。

「もういい。魔力は戻った。いまはアニミウムが欲しい。純粋なアニミウム……」

そうつぶやくと、ホムンクルスは《身体強化》を使って、体を揺らし歩き出した。

さっきよりかなり速い。ぐんぐんとボルドリーの方へ進んでいく。

まずい。

まずいまずい！

俺は革の袋から鞘《さや》を取り出した。そのとき、カタリナの亡骸が目に入った。

吐き出されたそれは無残に地面に転がっている。

一瞬ためらって、唸《うな》ったあと、俺はそれを革の袋に乱暴に突っ込んだ。どうするかはあとで決めよう。

いまはあいつを追わないと!!

冒険者たちがホムンクルスの背中に矢を放ち、動きを止めようとしているが、《身体強化》を使った巨大な体になすすべはない。地響きを立ててその体は進んでいく。

俺は鞘を使って跳び、なんとか俺の魔力が届く範囲まで追いつくと、その足元に水を出現させて凍らせた。

ホムンクルスは氷を踏み、体勢を崩して前のめりになったが、腕でバランスをとるとすぐにまた前進を始めた。

もっとたくさんの氷を。

今度は完全に足を凍らせるつもりで魔法を放った。巨大な水の球をホムンクルスの脚にまとわせて、地面に着地した瞬間一気に凍らせた。ホムンクルスの両足が完全に凍りついて、足止めできた。

「よし、これで……」

と思った瞬間、ホムンクルスは足元を思い切り殴りつけた。バキンと音がして氷が割れてしまう。

凍らせたはずの脚は一瞬で回復して地面を踏み、進む。

どうしたらいい!?

やっぱり、四十以上ある心臓を一つずつ破壊して当たりを引く必要があるのか?

攻城兵器ばりの魔法もダメ、氷で足止めすることも叶《かな》わない。

そんな相手にどうやって戦えばいいんだ?

このままじゃ、ボルドリーが……。

「……………あ」

そこで、俺は思い出した。さっきローザはなんて言っていた?

カタリナが悲鳴を上げたせいで考えをまとめられなかったが、そうだ、確かローザはこう言っていた。

——あのホムンクルス、体の中で魔力が淀んでる。滞ってる。

それはとても、とても重要な助言だった。

俺は彼女の言葉を反芻《はんすう》して、一つの答えにたどり着いた。

俺はなんとかホムンクルスを追い越して、相対するとその体を見上げた。

しかし、デカいな。この体を突き刺して心臓を見つけるなんてほとんど不可能だろう。

「おい!!　ライリー!!」

俺は革の袋からアニミウムのブレスレットを取り出して、そのひと粒をブチンとちぎった。これだけでも剣が二本作れるのだから相当量だ。

「アニミウムだぞ!」

俺が叫ぶとホムンクルスは目をかっぴらいて手を伸ばしてきた。アニミウムを一粒だけ放り投げて、俺は後方に跳ぶ。ホムンクルスは地面に落ちた小さなアニミウムを土ごと掬《すく》い上げると口に運んだ。

「足りない……足りない……」

ああ、足りないだろうよ。

俺はわかっていた。どうしてこいつがこんなにも純粋なアニミウムを欲しているのか。最初は体を大きくしようとしてるのかと思っていたがそうじゃない。もっと明確な理由がある。

ホムンクルスがフラフラと体を揺すって俺を見た。またアニミウムを一粒取り出して放り投げる。まるで馬や犬に餌をやってる気分になる。

ホムンクルスは呼吸が荒く、体を常に揺すっている。バランスを取るのがやっとみたいだ。歩くたびに辛《つら》そうで、少し体勢を崩せばすぐに転んでしまう。とても苦しそうだ。

——不味い……『祝福』されたアニミウムはダメ……純粋なアニミウムじゃないと……苦しい。

そう、ライリーたちはいま、体に異常をきたしている。

なぜか。

「体の中で魔力が淀んでいる。滞ってる」

サーバントの扱いに関して天才的な彼女は《探知》で魔力の流れを視認できる。魔法で作られた盾のどこが脆《もろ》いかわかるように。そして、かつての俺の体の中で魔力が滞っているのを確認できたように。だからきっとその言葉に間違いはない。

わかることは一つ。

いま、ホムンクルスは、魔力中毒症になっている！

ゾーイは人を食いすぎたんだ。その膨大な魔力を彼女の体のアニミウム量だけでは処理しきれていない。体が肥大化しすぎたこともあって循環がうまくいっていないのだろう。

だから、アニミウムを摂取して、循環できる場所を増やしてなんとか処理しようとしている。アニミウムを取り込んで俺の魔力中毒症が治ったように。

なぜ『祝福』済みのアニミウムではダメなのかは詳しくはわからないが、異物として処理してしまい、ゾーイ自身のアニミウムに変換できないからかもしれない。

ともかく、重要なのは、ゾーイは魔力を処理しきれず重度の魔力中毒症で苦しんでいるということ。処理しきれていない魔力は体外にまで漏れ出ている。

風の属性を持った冒険者の少年が言っていた。

——魔法を使って逃げようとしたんです。風を使って逃げようと……そしたら、暴発したんです。

いつもよりはるかに大きな魔法が出て、吹き飛ばされて、木に引っかかりました。

まるで俺のそばにいたかのような現象だ。裏を返せば、結構な量の魔力が体外に漏れ出ている、ということ。それもブレスレットのような『魔力を体外に出すために作られたアニミウム』ではなくただのアニミウムでそれだけの現象が起きている。

まるで小さな穴から無理やり水を押し出してるようなイメージだ。

パンク寸前だ。

魔力中毒症は体内に魔力が過剰にある場合、死に至る。

ハリーは言っていた。

――確実に殺すにはすべての心臓を突き刺す必要があるっス。

心臓はある。人としての肉の心臓が、おそらくはそのまま。四十以上の心臓が、魔力中毒症の体の中にある。

俺は自分の魔力中毒症の象徴たるブレスレットを突き出した。

ホムンクルスは更に目を開いた。

「辛いよなあ!!　よくわかるよ!!　俺だって同じだったからな!!　ほら!!」

俺はアニミウムをまた一粒、ホムンクルスから離れた場所に放り投げた。

ホムンクルスがフラフラ駆け出すのと、俺が鞘を使って上空に跳び上がるのが同時だった。

ホムンクルスは俺が何をしようとしているのか全く気にせず、地面に落ちたアニミウムを探している。俺はホムンクルスの背に掴まった。払いのけようともしない。

やることは一つ。いままで散々やってきたことだ。

アリソンに、ローザに、そして冒険者たちに。

俺はホムンクルスの背に手を当て、思い切り魔力を注ぎ込んだ。

「ぎゃあああああああああああああ!!」

低い悲鳴が上がって、がくんと揺れる。ホムンクルスは地面に突っ伏したが、俺は背にがっしりと掴まって魔力を流し続けた。

四十人以上の魔力でパンク寸前だったんだ。その上、俺の中にある膨大な魔力を注ぎ込まれたらひとたまりもない。

巨大な背中が波打っている。大量の血をホムンクルスは噴き出す。革の水筒から水が流れ出るように、徐々にホムンクルスの体がしぼんでいく。奴はもがいて、暴れたが、俺は最後の最後までその背中にしがみついていた。

ついに、ホムンクルスは動かなくなった。最後には、俺と同じくらいの大きさにまで縮んでしまった。その姿はライリーそのもので、俺はじっと彼を見た。

死んだのだろうか。その体は魔力によって蝕《むしば》まれ、かなりのダメージを負っているはずだった。

目の前がぐらりと揺れるのを感じ、どっと倦怠感《けんたいかん》が押し寄せてきた。

これは……、魔力切れか? ローザにもライリーにも大量の魔力を流したからな。

俺はフラフラと、ホムンクルスの体から離れようとした。

終わったんだ。これで全部。

そう思った。

その時、ライリーの目が開いて、ぐんと立ち上がった。

俺を睨《にら》んでいる。

「お前……まだ動けるのか……」

「当たり前だろ!! 僕は強いんだ!! こんなことで倒れたりなんか……!!」

俺はぎょっとした。意識が戻ったのか。

ライリーは魔法で剣を作り出すとそれを握りしめた。

俺は完全に油断していた。《闘気》どころか《身体強化》だって使ってない。しかも、いまは魔力切れでフラフラだ。

ライリーはその剣を、俺の腹に突き立てた。

衝撃。

ああ、やられてしまった。俺は……。

まわりの音が遠くなって尻もちをつく。

俺は自分の腹に触れた。そこからは血が吹き出しているはずだった。が、手に生暖かさは感じない。何も流れていない。はっとよく見ると、俺の腹は無傷だった。

ライリーが俺を見下ろしている。その手にある魔法の短剣は折れていた。折れた場所から、まるで砂がこぼれ落ちるように形を崩して、短剣は消えた。

ライリーは口から血を吹き、大きく咳《せ》き込むと、ニッと笑った。

「勝ったぞ兄さん。僕の勝ちだ。これで、僕は……」

ライリーは笑みを徐々に崩すと顔を歪《ゆが》ませて、ボロボロと涙を流し始めた。

「僕は愛してもらえる。そうだよね、兄さん。僕は強いことを証明できたんだから。愛してくれなくなった父さんは僕を愛してくれる。いままで誰も愛してくれなかったけどこれからは違うんだ……」

その言葉を聞いた瞬間、俺の中にあった嫌悪や怒りが一瞬だけ消え、ライリーが何を考えて、何を求めていたのか理解できた。ようやく、理解できた。

ライリーが求めていたのは力じゃない、愛だ。それはかつてのアリソンやジェイソンと同じ行動だ。

そしてきっと、ライリーは真実に気づいている。そんなことをしたってあのクソ親父《おやじ》は愛してなんてくれない。自分の損得でしか物事を判断しないんだから。

ライリーはわかってる。だからいま、大粒の涙をこぼしてるんだ。

「兄さん。どうして僕と兄さんはこんなに違うの？　どうして兄さんは愛されて、僕は愛されないの？」

俺は深くため息を吐《つ》いた。

「俺だって愛されたかった、お前たちに。家族になりたかったんだよ。あの輪の中に入れてほしかった。もしもあのときお前が俺の方を少しでも見てくれたら、俺は喜んでお前と兄弟になったよ」

「そんなの嘘《うそ》だ！　僕が兄さんのこと嫌ってたの知ってるでしょ!?」

「ああ知ってる。でも、嫌われてても俺は毎日のようにお前の訓練を見に行ってただろ？」

ライリーはやっとそのことに気づいたらしい。

「あれは、僕の邪魔をするためだろ……？　そうだよね」

「そんなわけないだろ。お前たちに振り向いてもらうためだよ」俺は苦笑した。

ライリーは絶句して、痛みに顔をしかめて膝をついた。もう長くないんだろう。地面に手をついて更に血を吐いた。

「嘘だ……嘘だ、嘘だ！　僕が愛されないのは皆が愛さないからだ!!　僕のせいじゃ……」

「わかってんだろ？　お前、誰かのことを大切に思ったことあんのか？　その人のために何かしたことは？　ずっとそばにいたナディアのことをどう扱った？　愛されたいって言う割に、お前、手を差し伸べた人たちを冷遇して追い払っただろ」

こいつは自分の不都合を何もかも全部人のせいにして生きてきたんだ。サーバントを使いこなせないのは全部サーバントのせい、魔力を失って苦しい思いをしているのは全部俺のせい、そして、愛されないのは全部、愛してくれない相手のせい。

彼の不幸はクソ親父とカタリナについてはそれが当たっていたところだ。だから間違え続けた。

「ああ、ナディア……。僕は……、僕は……」

ライリーは、ボロボロと涙を流した。

「やり直したい……やり直したいよ……。ごめん、ナディア」

彼はひどく咳き込んだ。おびただしい血が地面に散った。ライリーは地面に倒れ、空を見上げた。

「……ごめんなさい、兄さん」

彼はそうつぶやいて、動かなくなった。呼吸の音も聞こえない。

完全に、沈黙した。

「ライリー？　……ああ」

俺はふらつきながら立ち上がると、しゃがみ込んでライリーの頭に触れ、目を閉じた。

日が傾いて、彼の顔をオレンジ色に染めていた。


しばらくして冒険者や騎士たちが駆け寄ってきた。多分全員じゃない。冒険者の一部は森の近くで他の魔物に対処しているのだろう。

「大丈夫っスか!?」

ハリーが手を貸してくれて俺は立ち上がった。

「ただの魔力切れです。怪我はしてません」俺は自分の体を見た。血まみれだ。ひどい臭いで顔をしかめた。

ハリーは俺のそばに倒れているライリーの姿を見た。

「倒したんスか!?　どうやって!?」

「魔力を流したんですよ。魔力中毒症で身を滅ぼしたんです。ローザが《探知》でライリーの体を見た時に魔力が滞っているって言ったので、それで気づいたんです」

「だから、アニミウムを食っていたんスね……」

ハリーはしゃがみ込んで、ライリーの死を確認した。

「死んでるっスね。魔力中毒症。そんな倒し方が……」

ハリーはそこではっと気づいたように目を開いた。

「だから、ここに二体もホムンクルスがいたんス……！　どうしてこんな場所に二体もホムンクルスなんていう特殊なサーバントがいるのかやっとわかったっス」

俺は首をかしげた。ハリーは続けた。

「レズリーとボルドリー、その間には重要な街があるっス」

俺はようやく気づいた。どうしていままで気づかなかったんだ。

「アルコラーダ……」

「そうっス。アニミウムの産出地っス。ホムンクルスが人を食って魔力を増やせば自《おの》ずとアニミウムが必要になるっス。ホムンクルスをばらまいた奴は意図的にアルコラーダ周辺を狙ったんスね」

そうか。本当なら、ゾーイはアルコラーダに向かうべきだった。ただ、ライリーは俺と戦いたがった。俺に勝つことが愛の証明だから。だからわざわざ森を越えたのだろう。それが裏目に出た。

もしアルコラーダに直接向かっていたらと思うとゾッとする。ホムンクルスは膨大な魔力を持った恐ろしい存在になっていただろう。

「他のギルドにも警告しておくっス。他にもホムンクルスがいるかもしれないっスから。アルコラーダにも警戒するように伝えるっス」

それから、ハリーは冒険者たちに事後処理を指示した。

冒険者たちは急いで来たためか皆、肩で息をしていてそれを断った。

「少し休ませてくれ!!」

ハリーは苦笑した。

俺は血まみれだったから体を水で洗おうとしたが、魔力切れなのを忘れていた。不便だ。アリソンは毎日のようにこういう気分を味わっていたのだろう。

親切な冒険者に水をかけてもらって、火を焚《た》いてもらった。少しは臭いが取れた気がする。

そんなことをしていると街の方から騎士と伯爵が馬に乗ってやってきた。

「ニコラ！　大丈夫か!?」

「平気です」

伯爵は馬を降りるとすぐに俺に近づいてきて肩を摑んだ。

「ありがとう!!　君のおかげで街は守られたよ!!」

「ええと……」俺は苦笑した。

故意ではないとはいえ、ボルドリーにホムンクルスをおびき寄せてしまったのは俺だ。ライリーは俺を追いかけていたのだから。

俺がそう言うと、聞いていたハリーが言った。

「何言ってるっスか。おびき寄せられたからこれで済んだんスよ。もしアルコラーダに行ってたら、ボルドリーどころかここらへん一帯なくなっていたかもしれないっス」

ハリーはちゃんとわかっていた。その事実を俺以外の口から話してもらえたことが嬉《うれ》しかった。

俺が言ったんじゃ、ただの言い訳にしか聞こえなかったから。

「ありがとうございます」

「それはこっちのセリフっス。職を失わずに済むっス」にへら、とハリーは笑った。

「こんないいところ、ほとんどないっスから」

君は休んでていいっス、とハリーに言われたので、お言葉に甘えて俺は街に向かおうとしたが、立ち止まってライリーの亡骸を見ると、ハリーに言った。

「あの……ライリーの体をなるべく丁重に扱ってもらえませんか？　たくさんの犠牲を出しましたけど……」

「わかったっス」ハリーは頷いた。

魔力切れの症状は少しずつ収まっていたがまだダルい。馬に乗せてもらって、街まで揺られていった。ローザは街の外で座って待っていた。

馬から降りると、彼女が駆け寄ってきた。

「怪我は？」

「ないよ。大丈夫。魔力のこと教えてくれてありがとう。あの助言があったからなんとかなったよ」

「無茶《むちゃ》するよね」グレンがそう言って俺は苦笑した。

第十章 × 次の街へ

ホムンクルスという元凶がいなくなったいま、森の混乱はしばらくすれば収まるだろう。ただ、その前に、俺は森を越えてラルヴァ側に行くことにした。ボルドリーが無事だとルビーに伝える必要があったし、それに混合魔法が使えるようになったとアルコラーダのヴィネットに報告する必要があったから。

ついでと言ってはなんだがギルドの依頼も受けた。アルコラーダにホムンクルスの襲来に備えるよう警告する手紙を持っていくだけだけど。

森を抜けて、ラルヴァ側に着くとすでにテントは撤収してあって、魔物たちはもう森から溢《あふ》れてなさそうだった。宿に行くとルビーは心配そうに待っていた。ボルドリーが無事だと伝えると目に涙を浮かべてホッとした顔をした。

「ボルドリーに帰るときは一緒に戻るよ。その約束は守る。ただ、またアルコラーダに行かないといけないんだ」

ルビーはそれを聞くと怯《おび》えた表情をした。

「そして、また森が通れなくなるんですね」

「んなわけあるか」素で突っ込んでしまった。

まるで俺がルビーを置いてアルコラーダに行くたびに森が通れなくなるループに陥っているみた

るいじゃないか。

「ふふ」ルビーはころりと笑った。「冗談ですよ」

演技だったらしい。これを変な方向に使いこなさなければいいが……。たくさんの男が泣きを見ることになるぞ。

「じゃあ、すぐに戻ってくる」

そう言って宿を出ると、俺はアルコラーダへと向かった。アルコラーダに到着するとすぐに鉱山冒険者ギルドに行って、ハリーから受け取った手紙を見せると、ギルドマスターが呼ばれた。彼は手紙を凝視していた。手がふるえている。

「大事に至らなくてよかったが、こちらでも警戒しないとな。領主にも話を通しておこう。とにかく助かった。ありがとう」

「手紙を持ってきただけですが」

「君がホムンクルスを倒したんじゃないのか？　そう書いてあるぞ」

ああ、そんなことまで書いてたのか。絶対書く必要ないだろ。

「ええ。まあ、そうですが」

「感謝する。これからは大丈夫だ。最大限の警戒をしよう」

そう言うとギルドマスターは色んなところに指示を出し始めた。俺は依頼達成のサインをもらったが、一緒に金貨数枚を差し出された。

「なんですこれ？」

「少ないがうちからの報酬だ。三百万ルナある。討伐報酬だと思ってくれ」

まあ確かに討伐はしたが。

「いいんですか？」

「ああ。当たり前だろ」

まあ、よくよく考えればそこら辺をうろついているレッドグリズリーだっていつ街を襲ってくるかわからないんだ。それを倒して金がもらえるように、ホムンクルスだって倒せば金をもらえるか。

と、謎の納得をして、俺はありがたく金をもらい、ギルドをあとにした。

次はヴィネットのところだ。店に入るとまたファンがいたが、俺を怖がってすぐに退散していった。あれは事故だったんだけどなあ。ま、絡まれないだけいいか。

「ホムンクルスねえ」ヴィネットは店の裏に俺を通して話を聞いたあとそう言った。

「会ったことある？」

「ない。というか会ったら死んだと思えって言われて育ったから」

マヌエラも出会ってすぐ攻撃してきたからな。いまならその対応で間違いないと思える。

俺は出された紅茶を飲むとぼそっと言った。

「二つの属性を混ぜられるようになったよ」

「え!!　ほんとに!?」ヴィネットは椅子の上で飛び上がった。「先に言ってよ！　早く見せて！」

俺は右手の上で燃える水の球を作り出した。

「おおおお！」

「水の性質が火の性質に引っ張られるみたい……」

俺は自分の仮説を話した。彼女はふんふんと頷《うなず》きながらメモを取って聞いていた。

「ニコラ、相談がある」

一通り書き終えると彼女は言った。

「なに？」

「僕と一緒に魔法学校に行く気はない？　研究の発表をしたい。もしこの研究が認められればもっと色んな材料を使って実験できる。それにこれを研究する人が増えれば光の『精霊の血』を作り出せる可能性が増える」

「俺、海とか砂漠とかもっと色んなとこ行ってみたいんだけど。見たことない魔物とかも見たいし。それにホムンクルスと戦ってもっとうまく戦えないかって思ったんだ。実戦経験を積みたい」

「魔法学校では実戦での授業もやってる。きっと参考になるはずだよ。それにもし研究が認められれば他の属性の『精霊の血』だって研究に使えるんだよ？　他の属性を手に入れられる!!　あ、あと、魔法学校とは言っても研究分野は色々あって、その中に魔物を研究してるところもあるし」

ほう。

俺はかつてベッドに横たわって色んな本を読み漁《あさ》っていたときのことを思い出した。世界を見てみたいと思ったが、風景以外だって世界だろう。特殊な魔物を見られるなら魔法学校もいい。

それに、結局俺一人では属性を増やすことなんてできないんだ。詳しくないし。

よくよく考えれば良いこと尽《ず》くめだな。俺一人で魔法学校になんて入り込めないし。

懸念点は……、

「アルコラーダみたいに宿代高いと困るんだけど」

「僕が出す」

よし、お言葉に甘えよう。

「わかった、じゃあ行く。けど、その魔法学校ってどこにあるんだっけ？」

「デルヴィンっていう場所。ここから馬車で二週間かかる」

遠いな。ローザたちに話をしておかないと。

「一週間で論文を書き上げる」

と、ヴィネットが言うので、俺は一泊してからラルヴァに戻った。

数日後、森の混乱が収まったことが確認されたので、俺はルビーやナディアたちと一緒に森を抜けた。

ルビーはまだビクビクしていたが、前のようにずっとしがみつくことはなかった。家族から離れて生活することで少しは強くなったのかもしれない。

ボルドリーへ着いたのは夕方近くだった。馬車が城に着くとボルドリー伯爵とローザが慌てた様子で出てきた。

「ルビー！」

「お父様！」

二人は目に涙を浮かべて抱き合った。ローザも彼女を抱きしめて、それから俺のところにやってきた。

「助かった。ずっと泣いてるんじゃないかって心配だったから」

「一回も泣いてません！」ルビーはそう言ったが、俺はナディアの方を見た。

「泣いてたよね」

「……泣いてました」

ルビーは顔を赤くした。

「でもニコラがいて心強かったのは本当ですよ。私も、エイダも」ナディアはそう言って微笑《ほほえ》んだ。

ルビーは緊張の糸が切れたのか疲れてしまったようで、伯爵に支えられながら城の中に入っていった。ナディアとエイダもついていったが、ローザはその場に残って俺に言った。

「ちょっと二人で話したいことがあるの」

なんだろう。

城の中庭を歩きながら、彼女は自分の声で言った。

「ニコラ、私たちの街を守ってくれてありがとう。本当に感謝してる」

それを言うためにここに呼んだのではないことはわかっていた。

彼女は続けた。

「私は何もできなかった」

「そんなことない。《探知》したことを教えてもらえなきゃ、俺は何もできなかった」

「それでも、私はすぐに戦えなくなった。グレンにも無理をさせちゃったし。……強くならなきゃと思った。だって、ここがまた危険に晒《さら》されるかもしれない」

危険に晒されるかも。それは確かにそうだった。ホムンクルスを倒したとはいえ、ここがアルコラーダに近いということに変わりはない。別のホムンクルスがすでに近くにいて、ラルヴァやボルドリーを襲う可能性だって十分ある。

「だから、訓練しようと思うの。グレンと一緒に」

俺は驚いた。

「運動できるの？」

「バカにしてるの？」ローザは眉をひそめて俺を見た。

「私は魔法を使える。なのに今回は途中からニコラを待ってることしかできなかった。私は戦えない状況に、自分に腹が立ったの」

彼女は俺の手を取った。

「絶対強くなって、隣に立つ。……そこは私のだから」

「どういう意味？」

ローザは俺を見ると少し微笑んだ。

「なんでもない。私はデルヴィンってところに行く。魔法の訓練施設があるんだって。実戦もそうだけど、もっとサーバントについて知らないといけないと思って」

……なんか聞いたことある地名だな。

「あのさ」

「なに？」ローザは首をかしげた。

「俺もデルヴィンに行くんだ。研究の手伝いで」俺はアルコラーダでのことを話した。

「そう」ローザはそっけなくそう言ったが、口の端が上がっていた。

「ニコラはいつ行くの？」

「一週間後、かな」

「私は一ヶ月くらいあと。じゃあ、向こうに着いたら合流しましょう」

「うん。学校にいると思うからすぐ見つけられると思うけど……」

「私は学生寮に入るつもり。だからそこに来てくれればいい」

「わかった」


それから、俺はエントアのギルドに手紙を書いた。本当はアリソンに直接手紙を出したかったけど、浮いてる島に手紙なんて絶対届かないので仕方ない。

彼女がいつ戻ってくるかわからないから、戻ったときのために、

『俺はいま、デルヴィンにいる』

とか、近況を書いて、手紙を持ってボルドリーのギルドに向かった。

壊れたギルドの建物は再建の途中だったので、臨時に作ったテントの中で彼らは仕事をしていた。

冒険者たちは俺を見ると手を振ったり肩を叩《たた》いたりしてきた。

俺は受付に向かった。ハリーは色々と忙しそうに後ろの方で仕事をしていたが、俺を見つけると

手を止めてやってきた。

「アルコラーダに手紙を持っていきましたよ」俺はサインを見せた。

「ありがたいっス」ハリーはニッと笑ってその紙を受け取った。

「俺はこれからデルヴィンに行きます」

「ローザ様を追いかけてっスか」

ハリーはニヤニヤと笑って言った。ちげーよ。

「研究の手伝いです」

「ははあ。その特異体質を使ってってスね」

俺は頷いて、手紙を渡した。彼は受け取るとエントアに必ず送ると了承してくれた。

「ここは任せるっス。ホムンクルスがまた現れても大丈夫なように、準備しておくっス」

もうあんなのが現れないことを祈るばかりだった。

ギルドのテントを出ると俺は空を見上げた。

アリソンは元気でやってるだろうか。

× × ×

ノルデア。空に浮かぶ島でアリソンは汗だくになって地面に寝転んでいた。体力には自信があるつもりだったが、ここは空気が薄く、少し走っただけですぐにバテてしまう。これじゃあ、魔物をテイムする前に倒れてしまうだろうと、毎日走っていたけれど、キツイ。

コルネリアが人型になると上から覗《のぞ》き込んできた。

「がんばれー。ニコラが待ってるぞ」

「わかってる!!」

アリソンは大きく深呼吸をすると、足を上げて下ろす反動で体を起こした。このくらいの辛《つら》さはどうってことない。ニコラはきっと、もっと辛く苦しい生活をしてきたし、それに、《感覚強化》で痛覚が強化されても何度も練習してものにしていた。彼は何度も困難から立ち上がった。

(私だって!)

アリソンは地面に手をついて立ち上がると、土を払ってまた深呼吸した。盾の姿になったコルネリアを背負って伸びをする。

ニコラがいまどうしているかなんてわからない。地上と手紙のやり取りもできないこの場所にはまったく情報が入ってこない。でもなんというか、ニコラならうまくやっている気がしていた。

大丈夫。きっと待っていてくれる。

(だから、私も頑張らないと)

「よし。行こう!」

アリソンはまた走り出した。

× × ×

メイドのエイダがカーテンを開く音で俺は目を覚ました。光が目に刺さるようだったがもう頭痛はしない。俺は手で顔を覆った。彼女は俺の顔を覗き込んだ。

「お体の調子はいかがですか？」

「それ、癖になってるの？」俺は顔を擦って体を起こすと微笑んだ。

「そうですね」彼女も同じように笑った。

もう車椅子に乗る必要はない。俺は自分の力でベッドから出ると着替えて外に出て、エイダとともにボルドリーにある教会に向かった。

ライリーの遺体はすでにレズリーに運ばれていた。ここにはもうライリーはいないが一応あれでも弟だ。祈りを捧《ささ》げておこうと思った。教会にはナディアがすでにいてぼうっと座っていた。

「おはようございます、ニコラ」ナディアは俺に気づいて小さく微笑んだ。

俺は彼女の隣に座ると、ずっと考えていたことを言った。

「ライリーはずっと寂しかったんだよ、きっと。俺がまだあの屋敷にいるときからね」

「ええ。そうじゃないかと思っていました。彼はずっと……ずっと子供でしたから」

「そうだよな……」

ライリーはたくさん間違えて、ゾーイに食われホムンクルスになった。やり直すチャンスはいくらでもあった。でも彼はそのすべてを拒否し続けた。

「ナディアに謝ってたよ」

「そう……ですか」ナディアはうつむいた。

しばらく彼女はそうしていたがふと、思いついたように俺に尋ねた。

「カタリナはどうするんですか？」

「そうだなあ」

俺は革の袋に触れた。彼女の亡骸《なきがら》はあれからずっとその中に入っていた。

埋葬しようかと思った。けれど何かの拍子に掘り起こされて、また新しく『祝福』し直され、サーバントになったらと思うと気が気じゃなかった。そのときには新しいサーバントになるのだろうが、同じアニミウムからできているんだ、同じ性格になりそうだった。

「いつか二度と誰も手にできないような状態にする方法が見つかるまで革の袋に入れておくよ」

ナディアはそれを聞いて頷いた。


数日後、ボルドリーの城を出発する日がやってきた。

「絶対また来てくださいね、待ってます」ルビーはそう言って微笑んだ。

ナディアとエイダに握手をして、ローザの前に立った。

「じゃあ、今度はデルヴィンで」

「ええ。向こうで会うのを楽しみにしてる」そうグレンが言った。

「私も一緒に行けたらいいんですけど」ルビーがそう言うとローザは苦笑した。

「また森を抜ける必要があるけど？」

「うっ」ルビーは呻《うめ》いた。トラウマになっているみたいだった。

でも社交をするにはあの森を抜けなければならない。

「戻ってきたらまた一緒に森を抜けてあげるよ」

「ホントですか!?」俺の言葉にルビーは顔を輝かせた。

「ちょっと、甘やかさない！」ローザは頬《ほお》を膨らませた。

ボルドリー伯爵まで見送りに来ていて俺に言った。

「気をつけて行ってくるといい。ルビーもさっき言っていたが、戻ってきたらいつでも歓迎するよ」

「ありがとうございます」

俺は微笑むと彼らに言った。

「じゃあ、行ってきます」

自由のために、幸福のために、俺はまた一歩踏み出した。

ニコラ

コルネリア
アリソン

グレン
ローザ

ライリー
カタリナ

MFブックス

武器に契約破棄されたら健康になったので、幸福を目指して生きることにした 1

2023年1月25日　初版第一刷発行

著者　嵐山紙切
発行者　山下直久
発行　株式会社KADOKAWA
〒102-8177　東京都千代田区富士見2-13-3
0570-002-301（ナビダイヤル）
印刷・製本　株式会社広済堂ネクスト
ISBN 978-4-04-682102-7 C0093

企画　株式会社フロンティアワークス
担当編集　近森香菜／河口紘美（株式会社フロンティアワークス）
ブックデザイン　AFTERGLOW
デザインフォーマット　ragtime
イラスト　kodamazon

本書は、カクヨムに掲載された「武器に契約破棄されたら健康になったので、幸福を目指して生きることにした」を加筆修正したものです。

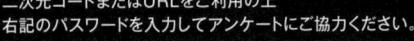